사피엔스 한국문학 | 오정희
중·단편소설 | 중국인 거리
08 | 완구점 여인
 | 저녁의 게임

「사피엔스²¹」

사피엔스 한국문학 중·단편소설 08
오정희 중국인 거리

초판 1쇄 펴낸날 2012년 2월 13일
4쇄 펴낸날 2017년 3월 15일

지은이 오정희
엮은이 신두원
펴낸이 최병호
본문 일러스트 이경하
펴낸곳 (주)사피엔스21
주소 10403 경기도 고양시 일산동구 중앙로 1233 현대타운빌 205
전화 031)902-5770(代) **팩스** 031)902-5772
출판등록 제22-3070호
ISBN 978-89-6588-080-6 44810
ISBN 978-89-6588-072-1 (세트)

*파본은 교환해 드립니다.
*이 책에 실린 모든 내용에 대한 권리는 (주)사피엔스21에 있으므로
 무단으로 전재하거나 복제, 배포할 수 없습니다.

오정희

- 중국인 거리
- 완구점 여인
- 저녁의 게임

에스피앤소 한국문학 중·단편소설 08 | 엮은이 · 신두원

사피엔스 한국문학 - 중·단편소설을 펴내며

『사피엔스 한국문학』은 청소년과 일반 성인이 한국 문학을 대표하는 작가들의 대표 작품을 편하게 읽으면서도 한국 현대 문학의 흐름을 이해하는 데 다소라도 도움이 되도록 기획한 선집(選集)입니다. 이미 다수의 한국 문학 선집이 시중에 출간되어 있으나, 이번 선집은 몇 가지 점에서 이전 선집들과의 차별화를 시도하였습니다.

첫째, 안정되고 정확한 텍스트를 독자에게 제공하는 데 주안점을 두었습니다. 문학 작품은 말 그대로 언어라는 실로 짠 화려한 양탄자입니다. 더군다나 한국 문학을 대표하는 작가들의 대표 작품들이라면 두말할 나위가 없겠지요. 이들 작품을 감상하는 데 있어서 정확하면서도 편안한 텍스트를 제공하는 것은 선집이 지녀야 할 핵심 덕목이라고 할 수 있습니다. 그래서 이번 선집은 각 작품의 최초 발표본과 작가 생애 최후의 판본, 그리고 가장 최근에 발간된 비판적 판본(critical version) 등을 참조하여 텍스트에 정확성을 최대한 기하되, 현대인이 읽기 쉽도록 표기를 다듬었습니다. 또한 낯설거나 어려운 낱말에 대한 풀이를 두어서 작품 감상의 흐름이 끊어지지 않고 작품에 자연스럽게 몰입할 수 있도록 편집하는 데 많은 노력을 기울였습니다.

둘째, 선집에 포함될 작가와 작품을 선정하는 데 고심에 고심을 기울였습니다. 물론 기존 문학 선집들의 경우에도 작가 및 작품 선정에 그 나름의 고심을 기울였을 것입니다. 하지만 문학 선집이라는 것은 시대의 흐름과 독자의 취향, 현대적 문제의식 등을 종합적으로 고려해야 하는 것이어서, 시간이 지나고 세상이 바뀌면 작가 및 작품의 선정 기준과 원칙도 달라질 수밖에 없습니다. 이번 선집은 이러한 점들을 고려하여 작가와 작품을 엄선하되, 오늘을 살아가는 청소년과 일반 성인들이 갖고 있는 문제의식 및 취향에 부합할 수 있도록 노력하였습니다.

셋째, 청소년을 위한 최선의 한국 문학 선집이 될 수 있도록 하였습니다. 오늘날 세상은 디지털 문명으로 매우 빠르게 흘러가고, 우리 청소년들은 입시의 중압감과 온갖 뉴미디어의 홍수 속에서 자칫 마음을 키우고 생각을 넓히는 데 소홀해지기 쉽습니다. 이러한 정보의 홍수와 경쟁의 급류 속에서 문학은 자칫 잃기 쉬운 성찰의 기회를 제공해 줍니다. 시대와 호흡하면서 인간의 삶이 제기하는 다양한 문제를 다채롭게 형상화한 작품을 읽으며, 그 작품 속에 그려진 세상과 인물에 공감하면서 때로는 충격을 받고, 때로는 고민에 휩싸이며, 그 속에서 새로운 자아를 발견하는 과정을 통해 청소년들이 깊은 생각과 넓은 마음을 키울 수 있을 것이라 확신합니다. 작품별로 자세한 해설을 달고 그 해설에서 문학 교육의 핵심 내용을 비중 있게 다룬 것 또한 청소년 독자를 위한 배려에서 비롯된 것입니다.

문학 선집을 엮는 일은 두렵고도 설레는 일입니다. 감히 작가와 작품을 고른다는 것도 두려운 일이었거니와, 이 선집을 시대가 요구하는 최고의 선집으로 만들어야겠다는 사명감도 이번 문학 선집을 엮는 과정에서 저희 엮은이들과 편집자들의 어깨를 짓누르는 한편 가슴 벅찬 기대를 품게 만들었습니다. 부디 이 선집으로 많은 이들이 한국 문학의 정수(精髓)를 만끽하길 바랍니다. 그리고 날카로운 질책과 따스한 성원을 아울러 기대합니다.

끝으로 이 자리를 빌려 물심양면으로 선집의 출간을 뒷받침해 주신 (주)사피엔스21의 권일경 대표 이사님 이하 편집부 직원 모두에게 감사를 드립니다. 또한 이 선집을 위해 작품의 출간을 허락하신 작가들과 저작권을 위임받아 여러 편의를 제공해 준 한국문예학술저작권협회 측에도 감사의 말을 전합니다.

엮은이 대표 _ 신두원

일
러
두
기

●

1. 수록 작품은 최초 발표본과 작가 생애 최후의 판본, 그리고 가장 최근에 발간된 비판적 판본(critical version) 등을 참조하여 텍스트를 확정했습니다. 참조한 판본은 작품 뒤에 밝혔습니다.
2. 한 작가의 작품 배열은 청소년들의 눈높이와 문학사적인 지명도를 고려하여 그 순서를 정하였습니다.
3. 뜻풀이가 필요하다고 판단되는 낱말과 문장은 본문 아래쪽에 그 풀이를 달았습니다.
4. 표기는 원문에 충실히 따르는 것을 원칙으로 하되, 맞춤법과 띄어쓰기는 최대한 현행 표기법을 따랐습니다. 단, 해당 작가만의 개성이 묻어 있는 말이나 방언, 속어, 고어 등은 최대한 원문대로 살려 놓았습니다.
5. 위의 원칙들은 작가에 따라, 지문과 대화에 따라, 문체에 따라, 문맥에 따라 적용의 정도가 달라질 수 있습니다.

차례

간행사 4

중국인 거리 10
완구점 여인 78
저녁의 게임 116

작가 소개 168

중국인 거리

'나'와 '나'의 친구 치옥이는 초등학생 여자아이입니다. 그런데 '나'는 이발사 아저씨에게 "죽을 때까지 이발쟁이나 해요."라는 무례한 말을 내뱉고, 치옥이 역시 "난 커서 양갈보가 될 테야."라는 황당한 꿈을 이야기합니다. 도대체 어린 소녀들이 왜 이런 말을 하는 걸까요? 이 소녀들이 살던 시대와 '중국인 거리' 주변에 이 문제를 풀 실마리가 있을 것 같습니다. 두 소녀가 사는 동네에 함께 가 볼까요?

시를 남북으로 나누며 달리는 철길은 항만˙의 끝에 이르러서야 잘려졌다. 석탄을 싣고 온 화차˙는 자칫 바다에 빠뜨릴 듯한 머리를 위태롭게 사리며˙ 깜짝 놀라 멎고 그 서슬˙에 밑구멍으로 주르르 석탄가루를 흘려보냈다.

 집에 가 봐야 노루 꼬리만큼 짧다는 겨울 해에 점심이 기다리고 있는 것도 아니어서 우리들은 학교 수업이 끝나는 대로 책가방만 던져둔 채 떼를 지어 선창˙을 지나 항만의 북쪽 끝에 있는 제분˙ 공장에 갔다.

항만(港灣) 바닷가가 굽어 들어가서 선박이 안전하게 머물 수 있고, 화물 및 사람이 배로부터 육지에 오르내리기에 편리한 곳. 또는 그렇게 만든 해역(海域).
화차(貨車) '화물 열차'를 줄여 이르는 말.
사리다 어떤 일에 적극적으로 나서지 않고 살살 피하며 몸을 아끼다.
서슬 강하고 날카로운 기세.
선창(船艙) 부두. 물가에 다리처럼 만들어 배가 닿을 수 있게 한 곳.
제분(製粉) 곡식이나 약재 따위를 빻아서 가루로 만듦. 특히 밀을 밀가루로 만드는 일을 가리킨다.

제분 공장 볕 잘 드는 마당 가득 깔린 멍석*에는 늘 덜 건조된 밀이 널려 있었다. 우리는 수위가 잠깐 자리를 비운 틈을 타서 마당에 들어가 멍석의 귀퉁이를 밟으며 한 움큼씩 집어 밀을 입 안에 털어 넣고는 다시 걸었다. 올올이 흩어져 대글대글 이빨에 부딪히던 밀알들이, 달고 따뜻한 침에 의해 딱딱한 껍질이 붙고 속살은 풀어져 입 안 가득 풀처럼 달라붙다가 제법 고무질의 질긴 맛을 낼 때쯤이면 철로에 닿게 마련이었다.

우리는 밀껌*으로 푸우푸우 풍선을 만들거나 침목* 사이에 깔린 잔돌로 비사치기*를 하거나 전날 자석을 만들기 위해 선로* 위에 얹어 놓았던 못을 찾으면서 화차가 닿기를 기다렸다.

드디어 화차가 오고 몇 번의 덜컹거림으로 완전히 숨을 놓으면 우리들은 재빨리 바퀴 사이로 기어 들어가 석탄가루를 훑고 이가 벌어진 문짝 틈에 갈퀴*처럼 팔을 들이밀어 조개탄*을 후벼 내었다. 철도 건너 저탄장*에서 밀차*를 밀며 나오는 인부들이 시

멍석 짚으로 새끼 날을 만들어 네모지게 엮어 만든 큰 깔개. 흔히 곡식을 넣어 말리는 데 쓰나, 시골에서는 큰일이 있을 때 마당에 깔아 놓고 손님을 모시기도 했다.
밀껌 밀알을 입 안에 넣고 자꾸 씹어서 껌처럼 만든 것.
침목(枕木) 선로(線路) 아래에 까는 나무나 콘크리트로 된 토막.
　선로(線路) 기차나 전차의 바퀴가 굴러가도록 레일을 깔아 놓은 길.
비사치기 아이들 놀이의 하나. 손바닥만 한 납작한 돌을 세워 놓고 얼마쯤 떨어진 곳에서 돌을 던져 맞히거나 발로 돌을 차서 맞혀 넘어뜨린다.
갈퀴 검불이나 곡식 따위를 긁어모으는 데 쓰는 기구. 한쪽 끝이 우그러진 대쪽이나 철사를 부챗살 모양으로 엮어 만든다.
조개탄(--炭) 조개 껍데기 모양으로 만든 연탄.
저탄장(貯炭場) 석탄, 숯 따위를 모아서 간수하여 두는 장소.
밀차(-車) 밀어서 움직이는 작은 짐수레.

커멓게 모습을 나타낼 즈음이면 우리는 대개 신발주머니에, 보다 크고 몸놀림이 잽싼 아이들은 시멘트 부대에 가득 석탄을 훔쳐 담고 낮은 철조망을 깨금발로 뛰어넘었다.

선창의 간이음식점 문을 밀고 들어가 구석 자리의 테이블을 와글와글 점거하고 앉으면 그날의 노획량에 따라 가락국수, 만두, 찐빵 등이 날라져 왔다.

석탄은 때로 군고구마, 딱지, 사탕 따위가 되기도 했다.✤ 어쨌든 석탄이 선창 주변에서는 무엇과도 바꿀 수 있는 현금과 마찬가지라는 것을 우리는 알고 있었고, 때문에 우리 동네 아이들은 사철 검정 강아지였다.

해안촌(海岸村) 혹은 중국인 거리라고도 불려지는 우리 동네는 겨우내 북풍이 실어 나르는 탄가루로 그늘지고, 거무죽죽한 공기 속에 해는 낮달처럼 희미하게 걸려 있었다.

할머니는 언제나 짚수세미에 아궁이에서 긁어낸 고운 재를 묻혀 번쩍 광이 날 만큼 대야를 닦았다. 아버지의 와이셔츠만을

깨금발 한 발을 들고 한 발로 섬. 또는 그런 자세.
점거(占據) 어떤 장소를 차지하여 자리를 잡음.
노획(鹵獲) 싸워서 적의 물품을 빼앗음.
✤ 선창의 간이음식점 문을 ~ 사탕 따위가 되기도 했다 훔친 석탄을 간이음식점에 가져가서 음식과 바꿔 먹었다는 뜻이다.
사철(四-) 봄·여름·가을·겨울의 네 철.
겨우내 한겨울 동안 계속해서.
거무죽죽하다 칙칙하고 고르지 않게 거무스름하다.
낮달 낮에 보이는 달.
짚수세미 짚으로 만든 수세미.

따로 빨기 위해서였다. 그러나 바람을 들이지 않는 차양˙ 안쪽 깊숙이 넌 와이셔츠는 몇 번이고 다시 헹구어 푸새˙를 새로 하지 않으면 안 되었다.

    망할 놈의 탄가루들. 못 살 동네야.

    할머니가 혀를 차면 나는 으레 나올 뒤엣말을 받았다.

    광석천이라는 냇물에서는 말이다. 물론 난리˙가 나기 전 이북에서지. 빨래를 하면 희다 못해 시퍼랬지. 어느 독(毒)이 그렇게 퍼렇겠니.

    겨울 방학이 끝나자 담임인 여선생은 중국인 거리에 사는 아이들을 불러 학교 숙직실로 데리고 갔다. 숙직실 부엌 바닥에 웃통을 벗겨 엎드리게 하고는 미지근한 물을 사정없이 끼얹었다. 귀 뒤, 목덜미, 발가락, 손톱 사이까지 탄가루가 없는 것을 확인하고서야 왕소름이 돋은 등허리를 찰싹찰싹 때리는 것으로 검사를 끝냈다. 우리는 킬킬대며 살비듬˙이 푸르르 떨어지는 내의를 머리부터 뒤집어썼다.

    봄이 되자 나는 3학년이 되었다. 오전반이었기 때문에 한낮인 거리를 치옥이와 나는 어깨동무를 하고 천천히 걸어 집으로 돌아오고 있었다.

차양(遮陽) 햇볕을 가리거나 비가 들이치는 것을 막기 위하여 처마 끝에 덧붙이는 좁은 지붕.
푸새 옷 따위에 풀을 먹이는 일.
난리(亂離) 여기에서는 6·25 전쟁을 의미함.
살비듬 사람의 피부에서 하얗게 떨어지는 각질 세포의 부스러기.

나는 커서 미용사가 될 거야.

삼거리의 미장원을 지날 때 치옥이가 노오란 목소리로 말했다.

회충약을 먹는 날이니 아침을 굶고 와야 한다는 선생의 지시대로 치옥이도 나도 빈속이었다.

공복감˙ 때문일까, 산토닌˙을 먹었기 때문일까, 해인초˙ 끓이는 냄새 때문일까, 햇빛도, 지나다니는 사람들의 얼굴도, 치마 밑으로 펄럭이며 기어드는 사나운 봄바람도 모두 노오랬다.

길의 양 켠은 가건물˙인 상점들을 빼고는 거의 빈터였다. 드문드문 포격에 무너진 건물의 형해˙가 썩은 이빨처럼 서 있을 뿐이었다.

제일 큰 극장이었대.

조명판처럼, 혹은 무대의 휘장˙처럼 희게 회칠˙이 된 한쪽 벽만 고스란히 남아 서 있는 건물을 가리키며 치옥이가 소곤거렸다. 그러나 그것도 곧 무너질 것이다. 나란히 늘어선 인부들이 곡괭

공복감(空腹感) 배 속이 빈 듯한 느낌.
산토닌(santonin) 몸 안의 회충을 없애는 데 쓰는 약의 하나.
해인초(海人草) 홍조류의 해조(海藻). 태독(胎毒) 치료나 회충약으로 쓴다. 여기에서는 회충약 이외에도 집을 짓는 데 사용하던 용도로 제시된다.
　해조(海藻) 바다에서 나는 식물을 통틀어 이르는 말.
　태독(胎毒) 젖먹이의 몸이나 얼굴에 진물이 흐르며 허는 증상.
가건물(假建物) 임시로 지은 건물.
형해(形骸) 어떤 형체의 흔적이나 자취.
휘장(揮帳) 피륙을 여러 폭으로 이어서 빙 둘러치는 장막.
회칠(灰漆) 석회를 바르는 일.
　석회(石灰) 석회석을 태워 이산화탄소를 제거하여 얻는 산화칼슘과 산화칼슘에 물을 부어 얻는 수산화칼슘.

이의 첫 날을 댈 위치를 가늠하고 있었다. 어느 순간 희고 거대한 벽은 굉음으로 주저앉으리라.

한쪽에서는 이미 헐어 버린 벽에서 상하지 않은 벽돌과 철근을 발라내고 있는 중이었다.

아주 쑥밭을 만들어 버렸다니까.

치옥이는 어른들의 말투를 흉내 내어 몇 번이고 쑥밭이라는 말을 되풀이했다.

사람들은 개미처럼, 열심히 집을 지어 빈터를 다스렸다. 길의 곳곳에 놓인 반 자른 드럼통마다 해인초가 끓고 있었다.

치옥이와 나는 자주 멈춰 서서 찍찍 침을 뱉어 냈다.

회충이 약을 먹고 지랄하나 봐.

아냐, 회충이 오줌을 싸는 거야.

그래도 메스꺼움은 가라앉지 않았다. 끓어오르는 해인초의 거품도, 조개탄에서 피어오르는 연기도, 해조(海藻)와 뒤섞이는 석회의 냄새도 온통 노란빛의 회오리였다.

왜 사람들은 집을 지을 때 해인초를 쓰지? 난 저 냄새만 맡으면 머리털 뿌리까지 뽑히는 것처럼 골치가 아파.

치옥이는 내 어깨에 엇갈린 팔을 무겁게 내려뜨렸다. 그러나

굉음(轟音) 몹시 요란하게 울리는 소리.
발라내다 필요한 것만을 따로 추리어 내다.
쑥밭 쑥대밭. 매우 어지럽거나 못 쓰게 된 모양을 비유적으로 이르는 말.
드럼통(drum桶) 원기둥 모양의 큰 통. 두꺼운 철판으로 만든 것으로, 주로 기름 따위를 담는다.

나는 마냥 늑장을 부리며 천천히 걸어 해인초 냄새, 그 노란빛의 냄새를 들이마셨다.

우리 가족이 이 도시로 이사를 온 것은 지난해 봄이었다.

늬 아버지가 취직만 되면…… 어머니는 차곡차곡 쌓은 담뱃잎에다 푸우푸우 입에 가득 문 물을 뿜으며 말했다. 담뱃잎을 꼭꼭 눌러 담은 부대에 멜빵을 해서 메고 첫새벽에 나가는 어머니는 이틀이나 사흘 후 초주검이 되어 돌아오곤 했다.

간이 열이라도* 담배 장사는 이제 못 해먹겠다. 단속이 여간 심해야지.* 늬 아버지 취직만 되면…….

미리 월남해서 자리를 잡았거나 전쟁을 재빨리 벗어난 친구, 동창들을 찾아다니며 구직 운동을 하던 아버지가 석유 소매업소의 소장직으로 취직을 하고, 우리를 실어 갈 트럭이 온다는 날 우리는 새벽밥을 지어 먹고 이불 보따리와 노끈으로 엉글게 동인 살림 도구들을 찻길에 내다 놓았다. 점심때가 되어도 트럭

늑장 느릿느릿 꾸물거리는 태도.
초주검(初--) 두들겨 맞거나 병이 깊어서 거의 다 죽게 된 상태. 또는 피곤에 지쳐서 꼼짝을 할 수 없게 된 상태.
✤ 간이 열이라도 '겁이 없고 매우 대담하다'라는 뜻으로 '간(이) 크다'라는 말을 쓰므로, '간이 열이라도' 역시 '아무리 겁이 없고 매우 대담하더라도' 정도의 뜻으로 볼 수 있다.
✤ 담배 장사는 이제 못 해먹겠다. 단속이 여간 심해야지 당시 담배는 나라에서(정부에서) 판매를 독점하고 있었기 때문에 개인이 함부로 팔지 못하게 단속이 심했다.
월남(越南) 1. 어떤 경계선을 지나 남쪽으로 넘음. 2. 북쪽에서 삼팔선이나 휴전선의 남쪽으로 넘어옴. 여기에서는 2의 뜻으로 쓰임.
구직(求職) 일정한 직업을 찾음.
엉글다 성글다. 성깃성깃하다. 여러 군데가 모두 사이나 간격이 꽤 뜬 듯하다.
동이다 끈이나 실 따위로 감거나 둘러 묶다.

은 오지 않았다. 한없이 길게 되풀이되는 동네 사람들과의 작별 인사도 끝났다.

해 질 무렵이 되자 어머니는 땅뺏기놀이나 사방치기에도 진력이 나 멍청히 땅바닥에 주저앉은 우리들을 일으켜 세워 읍내의 국수집에서 국수를 한 그릇씩 사 먹였다. 집을 나서기 전 갈아입은 옷이건만 한없이 흐르는 콧물로 오빠와 나 그리고 동생의 옷소매와 손등은 반들반들하게 길이 들었다.

날이 완전히 어두워졌어도 어머니는 젖먹이를 안고 이불 보따리 위에 올라앉은 채 트럭이 나타날 다릿목께만을 뚫어지게 노려보고 있었다.

트럭이 나타난 것은 저물고도 한참이 지난 후였다. 헤드라이트를 밝힌 트럭이 요란한 엔진 소리와 함께 다릿목에 모습을 드러내자 어머니는 차가 왔다, 라고 비명을 질렀다. 저마다 보따리 하나씩을 타고 앉았던 우리 형제들은 공처럼 튀어 일어났다. 트럭은 신작로에 잠시 멎고, 달려간 어머니에게 창으로 고개만 내민 조수가 무어라고 소리쳤다. 어머니는 되돌아오고 트럭은

사방치기(四方--) 어린이 놀이의 하나. 땅바닥에 여러 공간을 구분해 그려 놓고, 그 안에서 납작한 돌을 한 발로 차서 차례로 다음 공간으로 옮기다가 정해진 공간에 가서는 돌을 공중으로 띄워 받아 돌아온다.
진력(盡力) 있는 힘을 다함. 또는 낼 수 있는 모든 힘.
✤ 진력이 나 진력나. 오랫동안 또는 여러 번 하여 힘이 다 빠지고 싫증이 나.
다릿목 다리가 놓여 있는 길목.
신작로(新作路) 새로 만든 길이라는 뜻으로, 자동차가 다닐 수 있을 정도로 넓게 새로 낸 길을 이름.
조수(助手) 어떤 책임자 밑에서 지도를 받으면서 그 일을 도와주는 사람.

다시 떠났다. 우리는 어리둥절해서 서로의 얼굴을 마주 보았다. 난간을 높이 세운 짐칸에 검은 윤곽으로 우뚝우뚝 서 있던 것은 소였다. 날카롭게 구부러진 뿔들과 어둠 속에서 흐르듯 눅눅하게 들려오던 되새김질 소리도 역력했다.

소를 내려놓고 올 거예요. 짐을 부려 놓고 빈 차로 올라가는 걸 이용하면 운임이 절반이니까 아범이 그렇게 한 거예요.

어머니의 설명에, 아버지와 어머니에게 한 번도 이의를 나타내 본 적이 없는 할머니는 뜨악한 표정으로, 그러나 어련히들 잘 알아서 하겠느냐는 듯 몇 번이고 고개를 주억거렸다.

그러나 트럭이 정작 우리 앞에 다시 나타난 것은 두어 시간 택이나 지난 후였다. 삼십 리 떨어진 시의 도살장에 소들을 부려 놓고 차 바닥의 오물을 닦아 내느라고 늦었다는 것이었다.

이삿짐을 다 싣고 마지막으로 어머니가 젖먹이를 안고 운전석의, 운전수와 조수의 틈에 끼어 앉자 트럭은 출발했다. 멀리 남행 열차의 기적 소리가 들리는 것으로 보아 자정 무렵이었다.

눅눅하다 축축한 기운이 약간 있다.
되새김질 한 번 삼킨 먹이를 다시 게워 내어 씹는 짓.
역력하다(歷歷--) 자취나 기미, 기억 따위가 환히 알 수 있게 또렷하다.
부리다 사람의 등에 지거나 자동차나 배 따위에 실었던 것을 내려놓다.
운임(運賃) 운반이나 운수 따위의 보수로 받거나 주는 돈.
이의(異意) 다른 의견이나 의사.
뜨악하다 마음이 선뜻 내키지 않아 꺼림칙하고 싫다.
주억거리다 고개를 앞뒤로 천천히 끄덕거리다.
택 턱. 그만한 정도나 처지.
도살장(屠殺場) 고기를 얻기 위하여 소나 돼지 따위의 가축을 잡아 죽이는 곳.

나는 이삿짐들 틈에서 고개만 내밀어 깜깜하게 묻힌, 점점 멀어져 가는 마을을 보았다. 마을과 마을 뒤의 야산과 야산의 잡목 숲은 한데 뭉뚱그려져 더 짙은 어둠으로 손바닥만 하게 너울대다가˙ 마침내 하나의 점으로 트럭의 꽁무니를 따라왔다.

읍을 벗어나자 산길이었다. 길이 바쁜 데다 서둘러 험하게 몰아대는 통에 차는 길길이 뛰고 짐들 틈바구니에 서캐˙처럼 박혀 있던 우리는 스프링 장치가 된 자동인형처럼 간단없이˙ 튀어 올랐다.

할머니는 아그그그 뼈마디 부딪치는 소리를 어금니로 눌렀다. 길 아래는 강이었다. 차가 튀어 오를 때마다 하마하마˙ 강물로 곤두박질치겠지 생각하며 나는 눈을 꼭 감고 네 살짜리 동생을 힘주어 끌어안았다.

봄이라고는 해도 밤바람은 칼끝처럼 매웠다. 물살을 가르며 사납게 웅웅 대던 바람은 그 날카로운 손톱으로 비듬이 허옇게 이는 살갗을 후비고 아직도 차 안에 질척하게 고여 있는 쇠똥 냄새를 한소끔˙씩 걷어 내었다.

아까 그 소들, 다 죽었을까.

너울대다 너울거리다. 물결이나 늘어진 천, 나뭇잎 따위가 부드럽고 느릿하게 자꾸 굽이져 움직이다. 또는 그렇게 되게 하다.
서캐 사람의 몸에 기생하면서 피를 빨아 먹는 곤충인 '이[蝨]'의 알.
간단없이(間斷--) 끊임없이.
하마하마 어떤 기회가 자꾸 닥쳐오는 모양.
한소끔 일정한 정도로 한 차례 진행되는 모양.

나는 문득 어둠 속에서 들려오던 소들의 눅눅한 되새김질 소리를 떠올리며 언니에게 물었다. 언니는 세운 무릎 사이에 얼굴을 깊이 묻은 채 대답이 없었다. 물론 지금쯤이면 각을 뜨고* 가죽을 벗기고 내장을 훑어 내기에 충분한 시간일 것이다.

 달은 줄곧 머리 위에서 둥글었고 네 살짜리 동생은 어눌한 말씨로 씨팔놈아아, 왜 자꾸 따라오는 거여어, 소리치며 달을 향해 주먹질을 해대었다.

 차는 자주 섰다. 다섯 명의 아이들이 차례로 오줌이 마려웠기 때문이었다. 짐칸과 운전석 사이의 손바닥만 한 유리를 두들기면 조수가 옆 창문을 열고 고개를 내밀어 돌아보며 뭐야, 하고 소리쳤다.

 오줌이 마렵대요.

 조수는 손짓으로 그냥 누라는 시늉을 해 보였으나 할머니가 펄쩍 뛰었다. 마지못해 차가 멎고 조수는 아이들을 하나씩 안아 내리며 한꺼번에 다 눠버려, 몽땅, 하고 퉁명스럽게 말했다. 우리는 길바닥에 쭈그리고 앉기가 무섭게 푸드득 몸을 떨며 오래 오줌을 누었다.

 행정 구역이 바뀌거나 길이 굽이도는 곳에는 반드시 초소가 있어 한 차례씩 검문을 받아야 했다. 전투복을 입은 경찰이 트

✤ 각을 뜨고 '각(脚)'은 '짐승을 잡아 그 고기를 나눌 때, 전체를 몇 등분한 것 가운데 한 부분'을 뜻하는 것으로, '각을 뜨다'는 '잡은 짐승을 머리, 다리 따위로 나누다'라는 의미이다.

럭 위로 전짓불을 휘두를 때면 담배 장사로 간이 손톱만큼밖에 안 남았다는 어머니는 공연히 창밖으로 고개를 빼어 소리쳤다.

실컷 보시오, 암만 뒤져도 같잖은 따라지 보따리와 새끼들뿐이오.

트럭은 기름을 넣기 위해 한 차례 멎고 두 번 고장이 났으며 굽이굽이 수많은 검문소를 지나쳐 강과 산과 잠든 도시를 밤새도록 달려 날이 밝을 무렵 이 도시로 진입해 들어왔다. 우리가 탄 트럭의 낡은 엔진의 요란한 소리에 비로소 거리는 푸득푸득 깨어나기 시작했다.

바다를 한 뼘만치 밀어 둔 시의 끝, 해안 동네에 다다라 우리는 짐들과 함께 트럭에서 내려졌다. 밤새 따라오던 달은 빛을 잃고 서쪽 하늘에 원반처럼 납작하게 걸려 있었다. 트럭이 멎은 곳은 낡은 목조의 이층집 앞이었는데 아래층은 길가에 연해 상점들처럼 몇 쪽의 유리문으로 되어 있었다. 그리고 흙먼지가 부옇게 앉은 유리에 붉은 페인트로 석유 배급소라고 씌어 있었다.

앞으로 우리가 살게 될 집이었다.

나는 새삼스럽게 달려드는 차가운 공기에 이빨을 마주치며 언제나 내 몫인 네 살짜리 사내 동생을 업었다.

전짓불(電池-) 손전등에서 비치는 불빛.
따라지 보잘것없거나 하찮은 처지에 놓인 사람이나 물건을 속되게 이르는 말.
진입(進入) 향하여 내처 들어감.
원반(圓盤) 접시 모양으로 둥글고 넓적하게 생긴 물건.
연하다(連--) 잇닿아 있다. 또는 잇대어 있다.

우리가 요란하게 가로질러 온, 그리고 트럭의 뒤꽁무니 이삿짐들 틈에서 호기심과 기대로 목을 빼어 바라본 시는 내가 피란지인 시골에서 꿈꾸어 오던 도회지와는 달랐다. 나는 밀대 끝에서 피어오르는 오색의 비눗방울 혹은 말로만 듣던 먼 나라의 크리스마스트리처럼 우리가 가게 될 도회지를 생각하곤 했었다.

폭이 좁은 길을 사이에 두고 조그만 베란다가 붙은, 같은 모양의 목조 이층집들이 늘어선 거리는 초라하고 지저분했으며 새벽닭의 첫 날갯짓 같은 어수선한 활기에 차 있었다. 그것은 이른 새벽 부두로 해물을 받으러 가는 장사꾼들의 자전거 페달 소리와 항만의 끝에 있는 제분 공장의 노무자들의 발길 때문이었다. 그들은 길을 메우고 버텨 선 트럭과 함부로 부려진 이삿짐을 피해 언덕을 올라갔다.

지난밤 떠나온 시골과는 모든 것이 달랐음에도 불구하고 나는 잠시, 우리가 정말 이사를 온 것일까, 낯선 곳에 온 것일까, 이상한 혼란에 빠졌다. 그것은 공기 중에 이내처럼 짙게 서려 있는, 무척 친숙하고, 내용은 잊혀진 채 분위기만 남아 있는 꿈과도 같은 냄새 때문이었다. 무슨 냄새였던가.

피란지(避亂地) 난리를 피하여 옮겨 간 지역.
밀대 '밀짚'의 사투리. 밀알을 떨고 난 밀의 줄기로, 속이 비었다.
✽ 나는 밀대 끝에서 피어오르는 ~ 도회지를 생각하곤 했었다 '나'는 도시로 이사 간다고 해서, '오색의 비눗방울'과 '크리스마스트리'처럼 멋지고 화려한 도시에 가게 될 것이라 기대했었다. 다시 말해 도시란 모두 그렇게 멋지고 화려할 것이라고 상상했었다는 것이다.
노무자(勞務者) 노동자. 노동력을 제공하고 얻은 임금으로 생활을 유지하는 사람.
이내 해 질 무렵 멀리 보이는 푸르스름하고 흐릿한 기운.

석유 배급소의 유리문을 밀어붙이고 나온 아버지는 약속이 틀리다고 운전수에게 고래고래 소리를 지르고 운전수는 호기심과 어쩔 수 없는 불안으로 눈을 두릿두릿 굴리고 서 있는 우리들과 이삿짐들을 번갈아 가리키며 아버지에게 삿대질을 해댔다.

  목덜미에 시퍼렇게 면도 자국을 드러낸 됫박머리에 솜이 삐져 나온 노랑 인조 저고리를 입은, 아홉 살배기 버짐투성이 계집애인 나는 동생을 업고 이상하게 안절부절못하는 심사로 우리가 살게 될 동네를 둘러보았다.

  우리의 이사 소동에 동네는 비로소 잠을 깨어 사람들은 들창을 열거나 길가에 면한 출입문으로 부스스한 머리를 내밀었다.

  길을 사이에 두고 각각 여남은 채씩 늘어선 같은 모양의 목조 이층집들은 우리 집을 마지막으로 갑자기 끝났다. 그리고 우리 집에서부터 완만한 경사로 이루어진 언덕이 시작되었는데 그 언덕에는 바랜 잉크 빛깔이나 흰색 페인트로 벽을 칠한 커다란 이층집들이 길을 사이에 두고 나란히 마주 보고 서 있었다.

됫박머리 '됫박'은 곡식, 가루, 액체 따위를 담아 분량을 헤아리는 데 쓰는 사각형 모양의 나무로 된 그릇인 '되'를 속되게 이르는 말로, '됫박머리'는 이 '됫박'처럼 생긴 머리 모양을 말한다.
인조(人造) 인조견(人造絹). 누에고치에서 얻은 명주실로 짠 비단이 아닌, 사람이 만든 명주실로 짠 옷감.
버짐 백선균에 의하여 일어나는 피부병. 마른버짐, 진버짐 따위가 있는데 주로 얼굴에 생긴다.
심사(心思) 어떤 일에 대한 여러 가지 마음의 작용.
들창(- 窓) 1. 들어서 여는 창. 2. 벽의 위쪽에 자그맣게 만든 창.
면하다(面 --) 어떤 대상이나 방향을 정면으로 향하다.
여남은 열이 조금 넘는 수. 또는 그런 수의.
경사(傾斜) 비스듬히 기울어짐, 또는 그런 상태나 정도.

우리 집 앞을 지나는 길은 언덕으로 이어져 있고 언덕이 시작되는 첫째 집은 거의 우리 집과 이웃해 있었다. 그러나 넓은 벽에 비해 지나치게 작은 창문이나 출입문들은 모두 나무 덧문이 완강하게 닫혀져 있어 필시 빈집이거나 창고이리라는 느낌이 짙었다.

큰 덩치에 비해 지붕의 물매가 싸고 용마루가 밭아서 이상하게 눈에 설고 불균형해 뵈는 양식의 집들이었다. 그 집들은 일종의 적의로 냉담하고 무관심하게 언덕 아래를 내려다보며 서 있었다. 언덕을 넘어 선창으로 향하는 사람들의 발길에도 불구하고 언덕은 섬처럼 멀리 외따로 있었으며 갑각류의 동물처럼 입을 다문 집들은 대개의 오래된 건물들이 그러하듯 다소 비장하게 바다를 향해 서 있었다.*

이삿짐을 다 부려 놓고도 트럭은 시동만 걸어 놓은 채 떠나지

완강하다(頑强--) 태도가 모질고 의지가 굳세다.
물매 수평을 기준으로 한 경사도.
싸다 비탈진 정도가 급하다.
용마루(龍--) 지붕 가운데 부분에 있는 가장 높은 수평 마루.
밭다 공간이 사이가 뜨지 않게 바싹 다가붙어 몹시 가깝다.
설다 익숙하지 못하다.
적의(敵意) 적대하는 마음.
냉담하다(冷淡--) 1. 태도나 마음씨가 동정심 없이 차갑다. 2. 어떤 대상에 흥미나 관심을 보이지 않는 데가 있다.
갑각류(甲殼類) 두꺼운 껍질 속에 연한 속살이 들어 있는 동물을 일상적으로 이르는 말. 게, 새우, 가재 따위가 있다.
* 그 집들은 일종의 적의로 ~ 바다를 향해 서 있었다 중국인 거리의 집들이 언덕 위에 있는 데다가, 지은 지 오래되기도 하고 건축 양식도 낯설어서 마치 언덕 아래의 다른 거리들과 대치하고 있는 듯이 보였음을 의미한다.

않았다. 요구한 액수대로 운임을 받지 못한 운전수는 지구전에 들어간 듯 운전대에 두 팔을 얹고 잠깐 눈을 붙였다.

아이 시끄러워, 또 난리가 쳐들어오나, 새벽부터 웬 지랄들이야.

젊은 여자의, 거두절미한 쇳소리가, 시위하듯 부릉대는 차 소리를 단번에 눌러 끄며 우리의 머리 위로 쨍하니 날아왔다. 어머니는, 그리고 우리는 망연해서 고개를 쳐들었다. 허벅지까지 맨살을 드러낸 채 겨우 군복 윗도리만을 어깨에 걸친 젊은 여자가 노랗게 염색한 머리털을 등 뒤로 너울대며 맞은편 집 이층 베란다에서 마악 들어가려던 참이었다.

아버지는 차바퀴 사이를 들락거리며 뺑뺑이를 치는 오빠의 덜미를 잡아 끌어내어 알밤을 먹였다. 그리고는 오르르 몰려선 우리들을 보며 일개 소대 병력이로구나 하며 기막히다는 듯 헛웃음을 쳤다.

새벽 구름이 걷히고 햇살이 조금씩 투명해지기 시작할 무렵에도 언덕 위 집들은 굳게 문을 닫은 채 잠에서 깨어나지 않았

지구전(持久戰) 승부를 빨리 내지 아니하고 오랫동안 끌어 가며 싸우는 전쟁이나 시합.
거두절미하다(去頭截尾--) 1. 머리와 꼬리를 잘라 버리다. 2. (주로 '거두절미하고' 꼴로 쓰여) 어떤 일의 요점만 간단히 말하다. 여기에서는 2의 의미로 쓰임.
시위(示威) 1. 위력이나 기세를 떨쳐 보임. 2. 시위운동.
망연하다(茫然--) 아무 생각이 없이 멍하다.
뺑뺑이 '매암(=맴)'의 사투리. 제자리에 서서 뱅뱅 도는 장난.
오르르 조그마한 아이나 동물 따위가 한꺼번에 바쁘게 내닫거나 움직이는 모양.
헛웃음 어이가 없어서 피식 웃는 웃음.

중국인 거리

다. 시의 곳곳에서 밀려난 새벽의 푸르스름한 어두움은 비를 품은 구름처럼 불길하게 언덕 위의 하늘에 몰려 있었다.

어둠이 완전히 걷히자 밤의 섬세한 발˚ 틈으로 세류(細流)˚가 되어 흐르던 냄새는 억지로 참았던 긴 숨처럼 거리 곳곳에서 피어오르기 시작했다.

아, 그제야 나는 그 냄새의 정체를 알 수 있었다. 그것을 알아채는 순간 그때까지 나를 사로잡고 있던 낯선 감정은 대번에 지워지고 거리는 친숙하고 구체적으로 내게 다가왔다. 그것은 나른한˚ 행복감이었고 전날 떠나온 피란지의 마을에 깔먹여진✽ 색채였으며 유년(幼年)˚의 기억이었다.

민들레 꽃이 필 무렵이 되면 나는 늘 어지럼증과 구역질로, 툇돌˚에 앉아 부걱부걱 거품이 이는 침을 뱉고 동생은 마당을 기어 다니며 흙을 집어먹었다.✽ 할머니는 긴 봄 내내 해인초를 끓였다. 싫어 싫어 도리질을 해대며 간신히 한 사발을 마시고 나면 천지를 채우는 노오란 빛과 함께 춘곤(春困)˚과도 같은 이해

발 가늘고 긴 대를 줄로 엮거나, 줄 따위를 여러 개 나란히 늘어뜨려 만든 물건. 주로 무엇을 가리는 데 쓴다.
세류(細流) 가늘게 흐르는 시냇물. 또는 가는 흐름.
나른하다 1. 맥이 풀리거나 고단하여 기운이 없다. 2. 힘이 없이 보드랍다.
✽ 피란지의 마을에 깔먹여진 피란지의 마을에 온통 짙게 배어 있는.
유년(幼年) 어린 나이나 때. 또는 어린 나이의 아이.
툇돌 댓돌(臺-). 집채의 앞뒤에 오르내릴 수 있게 놓은 돌 층계.
✽ 나는 늘 어지럼증과 구역질로 ~ 기어 다니며 흙을 집어먹었다 '나'와 동생이 모두 배 속에 기생충인 회충이 있었음을 의미한다.
춘곤(春困) 봄날에 느끼는 나른한 기운.

할 수 없는 나른한 혼미 속에 빠져 할머니에게 지금이 아침인가 저녁인가를 때 없이 묻곤 했다. 할머니는 망할 년, 회 동하나 부다라고 대꾸하며 흐흐 웃었다.

나는 잊혀진 꿈속을 걸어가듯 노란빛의 혼미 속에 점차 빠져들며 문득 성큼 다가드는 언덕 위의 이층집들과 굳게 닫힌 덧창 중의 하나가 열리고 젊은 남자의 창백한 얼굴이 나타나는 것을 보았다.

어머니는 일곱 번째 아이를 배고 있어 나는 아침마다 학교에 가기 전 양재기를 들고 언덕 위 중국인들의 집 앞길을 지나 부두로 갔다. 싱싱한 굴과 조개만이 어머니의 뒤집힌 속을 달래 주었기 때문이었다. 나는 알 수 없는 두려움과 호기심으로 흘끗거리며 굳게 닫힌 문들 앞을 달음박질쳤다. 언덕바지로부터 스무 발자국 정도만 뜀박질하면 갑자기 중국인 거리는 끝나고 부두가 눈 아래로 펼쳐졌다. 내가 언덕의 내리받이에 이르러 가쁜 숨을 몰아쉬며 돌아볼 즈음이면 언덕의 초입에 있는 가게의 덧문을 여는 소리가 들려왔다.

혼미(昏迷) 의식이 흐림. 또는 그런 상태.
✤ 때 없이 시도 때도 없이. 자주.
✤ 회 동하나 부다 '회충이 꿈틀거리나 보다'라는 의미로, 할머니는 '나'에게 회충약으로 해인초를 먹였기 때문에 '나'의 배 속에서 회충이 발악을 하기 시작했다고 추측하는 것이다. 참고로, '회가 동하다'는 구미가 당기거나 무엇을 하고 싶은 마음이 생기다'라는 의미로도 쓰인다.
덧창(-窓) 겉창(-窓). 창문 곁에 덧달려 있는 문짝.
언덕바지 언덕의 꼭대기. 또는 언덕의 몹시 비탈진 곳.

일주일에 한 번쯤 돼지고기를 반 근, 혹은 반의 반 근 사러 가는 푸줏간이었다. 어머니는 돈을 들려 보내며 매양 같은 주의를 잊지 않았다.

적게 주거든, 애라고 조금 주느냐고 말해라, 그리고 또 비계는 말고 살로 주세요, 해라.

푸줏간에서는 한쪽 볼에 여문 밤톨만 한 혹이 달리고 그 혹부리에, 상기도 보이지 않는 손에 의해 꺼들리고 있는 듯 길게 뻗힌 수염을 기른 홀아비 중국인이 고기를 팔았다.

애라고 조금 주세요?

키가 작아 발돋움질로 간신히 진열대에 턱을 올려놓고 돈을 밀어 넣는 것과 동시에 나는 총알처럼 내뱉었다.

벽에 매단 가죽 끈에 칼을 문질러 날을 세우던 중국인은 미처 무슨 말인지 몰라 뚱한 얼굴로 나를 바라보았다. 나는 비계는 말고 살로 달래라 하던 어머니의 말을 옮기기 전에 중국인이 고기를 자를까 봐 허겁지겁 내쏘았다.

고기로 달래요.

중국인은 꾸룩꾸룩 웃으며 그때야 비로소 고기를 덥석 베어

푸줏간(--間) 예전에, 쇠고기나 돼지고기 따위의 고기를 팔던 가게. 지금의 '정육점'에 해당함.
매양 번번이.
여물다 과실이나 곡식 따위가 알이 들어 단단하게 잘 익다.
상기 '아직'의 사투리.
꺼들리다 잡아 쥐고 당겨서 추켜들리다.
내쏘다 남의 감정을 찌르는 말로 쏘아붙이다.

내었다.

왜 고기만 주니, 털도 주고 가죽도 주지.

푸줏간에 잇대어 후추나 흑설탕, 근으로 달아 주는 중국차 따위를 파는 잡화점˚이 있었다. 이 거리에 있는 단 하나의 중국인 가게였다. 우리 동네 사람들은 가끔 돼지고기를 사러 푸줏간에 갈 뿐 잡화점에는 가지 않았다. 우리에게는 옷이나 신발에 다는 장식용 구슬, 염색 물감, 폭죽놀이에 쓰이는 화약 따위가 필요치 않았기 때문이었다.

햇빛이 밝은 날에도 한쪽 덧문만 열린 가게는 어둡고 먼지가 낀 듯 침침했다.

그러나 저녁 무렵이 되면 바구니를 팔에 건 중국인들이 모여들었다. 뒤통수에 쇠똥처럼 바짝 말아 붙인 머리를 조금씩 흔들며 엄청나게 두꺼운 귓불에 은고리를 달고 전족˚한 발을 뒤뚱거리면서 여자들은 여러 갈래로 난 길을 통해 마치 땅거미˚처럼 스름스름˚ 중국인 거리를 향했다.

남자들은 가게 앞에 내놓은 의자에 앉아 말없이 오랫동안 대통˚담배를 피우다가 올 때처럼 사라졌다. 그들은 대개 늙은이들

잡화점(雜貨店) 잡다한 일용품을 파는 상점.
전족(纏足) 중국의 옛 풍습의 하나. 여자의 발을 인위적으로 작게 하기 위하여 엄지발가락 이외의 발가락들을 어릴 때부터 발바닥 방향으로 접어 넣듯 힘껏 묶어 헝겊으로 동여매어 자라지 못하게 한 일이나 그런 발을 이른다.
땅거미 해가 진 뒤 빛이 조금 어둑한 상태. 또는 그런 때.
스름스름 눈에 뜨이지 않게 조금씩 움직이는 모양.
대통(-桶) 담뱃통.

이었다.

　우리는 찻길과 인도를 가름 짓는 낮고 좁은 턱에 엉덩이를 붙이고 나란히 앉아 발장단을 치며 그들을 손가락질했다.

　아편을 피우고 있는 거야, 더러운 아편쟁이들.

　정말 긴 대통을 통해 나오는 연기는 심상치 않은 노오란 빛으로 흐트러지고 있었다.

　늙은 중국인들은 이러한 우리들에게 가끔 미소를 지었다.

　통틀어 중국인 거리라고 불리는 동네에, 바로 그들과 인접해 살고 있으면서도 그들 중국인에게 관심을 갖는 것은 아이들뿐이었다. 어른들은 무관심하게 그러나 경멸하는 어조로 '뙤놈들'이라고 말했다.

　우리는 그들과 전혀 접촉이 없었음에도 언덕 위의 이층집, 그 속에 사는 사람들은 한없이 상상과 호기심의 효모(酵母)였다.*

가름 쪼개거나 나누어 따로따로 되게 하는 일.
턱 평평한 곳의 어느 한 부분이 갑자기 조금 높이 된 자리.
아편(阿片/鴉片) 덜 익은 양귀비 열매에 상처를 내어 흘러나온 끈끈한 물질을 굳혀 말린 고무 모양의 흑갈색 물질. 모르핀을 비롯하여 30가지 이상의 알칼로이드가 들어 있다. 진통제·진정제·마취제·지사제 따위로 쓰이는데, 습관성이 강한 중독을 일으키므로 약으로 사용하는 것 이외의 사용을 법으로 금하고 있다.
아편쟁이(阿片--) 아편 중독자를 낮잡아 이르는 말.
뙤놈 되놈. 1. 예전에, 만주 지방에 살던 여진족을 낮잡는 뜻으로 이르던 말. 2. 중국 사람을 낮잡아 이르는 말. 여기에서는 2의 의미로 쓰임.
효모(酵母) 효모균(酵母菌). 식품 제조 시 발효와 부풀리기에 이용하며 주로 술이나 빵을 만드는 데 많이 쓴다.
✿ 한없이 상상과 호기심의 효모(酵母)였다 술이나 빵을 만들 때 발효와 부풀리기의 필수 재료가 되는 효모처럼, 중국인들은 아이들에게 한없이 상상과 호기심을 불러일으키는 자극제였다는 의미이다.

그들은 우리에게 밀수업자, 아편쟁이, 누더기의 바늘땀마다 금을 넣는 쿠리, 그리고 말발굽을 울리며 언 땅을 휘몰아치는 마적단, 원수의 생 간(肝)을 내어 형님도 한 점, 아우도 한 점 씹어 먹는 오랑캐, 사람 고기로 만두를 빚는 백정, 뒤를 보면 바지도 올리기 전 꼿꼿이 언 채 서 있다는 북만주 벌판의 똥덩어리였다. 굳게 닫힌 문의 안쪽에 있는 것은, 십 년을 사귀어도 좀체 내뵈지 않는다는 깊은 흉중에 든 것은 금인가, 아편인가, 의심인가.✽

우리 집에서 숙제하지 않을래?

집 앞에 이르러 치옥이가 이불과 담요가 널린 이층의 베란다를 올려다보며 나를 끌었다. 베란다에 이불이 널린 것은 매기 언니가 집에 없다는 표시였다. 매기 언니는 집에 있을 때면 늘 담요를 씌운 침대 속에 들어가 있었다. 나는 맞은편의 우리 집을

밀수업자(密輸業者) 세관을 거치지 아니하고 몰래 물건을 사들여 오거나 내다 파는 일을 직업으로 하는 사람.
바늘땀 땀. 바느질할 때 실을 꿴 바늘로 한 번 뜸. 또는 그런 자국.
쿠리(coolie) 쿨리. 육체노동에 종사하는 하층의 중국인·인도인 노동자. 19세기에 아프리카·인도·아시아 식민지에서 혹사당하였다.
마적단(馬賊團) 말을 타고 떼를 지어 다니는 도둑인 '마적'의 무리. 주로 청나라 말기에 만주 지방에서 활동하였다.
백정(白丁) 소나 개, 돼지 따위를 잡는 일을 직업으로 하는 사람.
좀체 (주로 부정적인 의미를 가진 단어와 호응하여) 좀처럼.
흉중(胸中) '가슴속' 혹은 '마음속'.
✽ 그들은 우리에게 밀수업자 ~ 금인가, 아편인가, 의심인가 (중국인 거리에 살고 있는) 중국인들에 대해 그곳에 살던 한국인들이 품고 있던 선입관을 열거한 것이다.

흘깃거리며 망설였다. 할머니나 어머니는 치옥이네를 양갈보˙
집이라고 불렀다. 그러나 이 거리의 적산 가옥˙들 중 양갈보에
게 방을 세주지 않은 곳은 우리 집뿐이었다. 그네들은 거리로
면한 문을 활짝 열어 놓고 거리낌 없이 미군에게 허리를 안겼
으며, 볕 잘 드는 베란다에 레이스가 달린 여러 가지 빛깔의
속옷들과 때 묻은 담요를 널어 지난밤의 분방한˙ 습기를 말렸
다. 여자의 옷은 더욱이 속엣것은 방 안에 줄을 매고야 너는
것으로 알고 있는 할머니는, 천하의 망종˙들이라고 고개를 돌
렸다.

치옥이의 부모는 아래층을 쓰고 위층의 큰방은 매기 언니가
검둥이와 함께 세 들어 있었다. 치옥이는 큰방을 거쳐 가야 하
는 협실˙과도 같은 좁고 긴 방을 썼다. 때문에 나는 아침마다 치
옥이를 부르러 가면 그때까지도 침대 속에 머리칼을 흩뜨리고
누워 있는 매기 언니와 화장대의 의자에 거북스럽게 몸을 구부
리고 앉아 조그만 은빛 가위로 콧수염을 가다듬는 비대한 검둥
이를 만났다. 매기 언니는 누운 채 손을 까닥거려 들어오라는
시늉을 했으나 나는 반쯤 열린 문가에 비켜서서 방 안을 흘끔

양갈보(洋--) '서양 사람에게 몸을 파는 여자'를 낮잡아 이르던 말.
적산 가옥(敵産家屋) 1945년 8·15 광복 이전까지 한국 내에 있던 일제(日帝)나 일본인 소유의 집을 광복 후에 이르는 말.
분방하다(奔放--) 규칙이나 규범 따위에 구애받지 아니하고 제멋대로이다.
망종(亡種) 아주 몹쓸 종자란 뜻으로, 행실이 아주 못된 사람을 낮잡아 이르는 말.
협실(夾室) 곁방(-房). 1. 안방에 딸린 작은 방. 2. 주가 되는 방에 곁붙은 방.

거리며 치옥이를 기다렸다. 나는 검둥이가 우울한 남자라고 생각했다. 맥없이* 늘어진 두꺼운 가슴팍의 살, 어둡고 우묵한 눈, 또한 우물거리는 말투와 내게 한 번도 웃어 보인 적이 없다는 것이 그러한 느낌을 갖게 한 것이다.

학교 갈 때는 길에서 불러라. 검둥이는 네가 아침에 오는 게 싫대.

치옥이가 말했으나 나는 매일 아침 삐걱대는 층계를 밟고 올라가 매기 언니의 방문 앞을 서성이며 치옥이를 불렀다.

매기 언니는 밤에 온다고 그랬어. 침대에서 놀아도 괜찮아.

입덧이 심한 어머니는 매사가 귀찮다는 얼굴로 안방에 드러누워 있을 것이고 오빠는 땅강아지*를 잡으러 갔을 것이다. 할머니는 기다렸다는 듯 내게 막 젖이 떨어진 막내 동생을 업혀 내쫓을 것이었다.✱

커튼으로 햇빛을 가리운 어두운 방의 침대에 매기 언니의 딸인 제니가 자고 있었다. 치옥이는 벽장문을 열고 비스킷 상자를 꺼내어 꼭 두 개만 집어 들고는 잘 닫아 다시 넣었다. 비스킷은 달고, 연한 치약 냄새가 났다.

이거 참 예쁘다.

맥없이(脈 --) 기운이 없이.
땅강아지 땅강아짓과의 곤충. 몸의 길이는 2.9 ~ 3.1cm이며, 날개는 짧으나 잘 날며 앞다리는 땅을 파기에 알맞게 되어 있다.
✱ 할머니는 기다렸다는 듯 ~ 내쫓을 것이었다 집에 가 봐야 기껏 막내 동생을 돌보는 일이 기다리고 있을 것이므로 매기 언니네 집에서 놀다가겠다는 '나'의 심경을 간접적으로 표현하고 있다.

중국인 거리 35

내가 화장대의 향수병을 가리키자 치옥이는 그것을 거꾸로 들고 술술 겨드랑이에 뿌리는 시늉을 하며 미제야, 라고 말했다. 치옥이는 다시 벽장 속에 손을 넣어 부스럭대더니 사탕을 두 알 꺼냈다.

이거 참 맛있다.

응, 미제니까.

치옥이가 또 새침하게 대답했다. 제니가 눈을 말갛게 뜨고 우리를 보고 있었다.

제니, 예쁘지. 언니들은 숙제를 해야 하니까 조금만 더 자렴.

치옥이가 부드럽게 말하며 손바닥으로 눈꺼풀을 쓸어 덮자 제니는 깜빡이 인형처럼 눈을 꼭 감았다.

매기 언니의 방에서는 무엇이든 신기했다. 치옥이는 내가 매양 탄성˚으로 어루만지는 유리병, 화장품, 페티코트˚, 속눈썹 따위를 조금씩만 만지게 하고는 이내 손댄 흔적이 없이 본디대로 해 놓았다.

좋은 수가 있어.

치옥이 침대 머릿장˚에서 초록색의 액체가 반쯤 남겨진 표주박 모양의 병을 꺼냈다. 병의 초록색이 찰랑대는 부분에 손톱을 대어 금을 만든 뒤 뚜껑을 열어 그것을 따라 내게 내밀었다.

탄성(歎聲/嘆聲) 몹시 감탄하는 소리.
페티코트(petticoat) 여자의 속옷으로, 스커트 밑에 받쳐 입는 속치마.
머릿장(--欌) 머리맡에 놓고 물건을 넣기도 하고 그 위에 쌓기도 하는 단층으로 된 장.

먹어 봐. 달고 화하단다.

내가 한 모금에 훌쩍 마시자 치옥이는 다시 뚜껑을 가득 채워 꿀꺽 마셨다. 그리고 손톱을 대고 있던 금부터 손가락 두 마디만큼 초록색 술이 줄어들자 줄어든 만큼 냉수를 부어 뚜껑을 닫아 머릿장에 넣었다.

감쪽같잖니? 어떠니? 맛있지?

입 안은 박하를 한 입 문 듯 상쾌하게 화끈거렸다.

이건 비밀이야.

매기 언니의 방에서는 무엇이든 비밀이었다. 서랍장의 옷갈피 짬에서 꺼낸 비로드 상자 속에는 세 줄짜리 진주 목걸이, 여러 가지 빛깔로 야단스럽게 물들인 유리알 브로치, 귀걸이 따위가 들어 있었다. 치옥이는 그중 알이 굵은 유리 목걸이를 걸고 거울 앞에서 단호하게 말했다.

난 커서 양갈보가 될 테야. 매기 언니가 목걸이도 구두도 옷도 다 준댔어.

손끝도 발끝도 저리듯 나른히 맥이 풀려 왔다. 눈꺼풀이 무겁고 숨이 차 오는 건 방 안이 너무 어둡기 때문일까, 숨을 내쉴 때마다 박하 냄새가 하얗게 뿜어져 나왔다. 나는 베란다로 통한

화하다 입 안이 얼얼한 듯하면서 시원하다.
옷갈피 겹치거나 포갠 옷들의 하나하나의 사이. 또는 그 틈.
비로드 벨벳(velvet). 거죽에 곱고 짧은 털이 촘촘히 돋게 짠 비단.
단호하다(斷乎--) 결심이나 태도, 입장 따위가 과단성 있고 엄격하다.

유리문의 커튼을 열었다. 노오란 햇빛이 다글다글® 끓으며 들어와 먼지를 떠올려 방 안은 온실과도 같았다. 나는 문의 쇠 장식에 달아오른 뺨을 대며 바깥을 내다보았다. 그리고 다시 중국인 거리의 이층집 열린 덧문과 이켠®을 보고 있는 젊은 남자의 얼굴을 보았다. 그러자 알지 못할 슬픔이 가슴에서부터 파상(波狀)®을 이루며 전신으로 퍼져 나갔다.

왜 그러니? 어지럽니?

이미 초록색 물의 성질을, 그 효과를 알고 있는 치옥이 다가와 나란히 문에 매달렸다. 나는 고개를 저었다. 그럴 수밖에 없는 것이 나는 이층집 창문에서부터 비롯되는 감정을 알 수도 설명할 수도 없었으며, 그 순간 나무 덧문이 무겁게 닫혀지고 남자의 모습이 사라졌기 때문이었다.

유리 목걸이에 햇빛이 갖가지 빛깔로 쟁강쟁강® 튀었다. 그중 한 알을 입술에 물며 치옥이가 말했다.

난 양갈보가 될 거야.

나는 커튼을 닫고 돌아와 침대에 누웠다. 그는 누구일까, 나는 기억나지 않는 꿈을 되살려 보려는 안타까움에 잠겨 생각했다. 지난가을에도 나는 그를 보았다. 이발소에서였다. 키가 작아 의

다글다글 잔 알 따위가 많이 흩어져서 구르는 모양.
이켠 이쪽.
파상(波狀) 1. 물결의 모양. 2. 어떤 일이 일정한 간격을 두고 차례로 되풀이되는 모양.
쟁강쟁강 얇은 쇠붙이나 유리 따위가 자꾸 가볍게 떨어지거나 부딪쳐 맑게 울리는 소리.

자에 널빤지를 얹고 앉아 나는 어머니가 일러 준 대로 말했다.

상고머리˙예요. 가뜩이나 밉상인데 뒷박머리는 안 돼요.

그런데 다 깎은 뒤 거울 속에 남은 것은 여전히 뒷박머리였다.

이왕 깎은 걸 어떡하니, 다음번에 다시 잘 깎아 주마.

그러기에 왜 아저씨는 이발만 열심히 하지 잡담을 하느냔 말예요.

나는 바락바락 악을 썼다. 마침내 이발사는 덜컥 의자를 젖히며 말했다.

정말 접시처럼 발랑 되바라진 애구나,✽ 못쓰겠어, 엄마 배 속에서 나올 때 주둥이부터 나왔니?

못 쓰면 끈 달아 쓸 테니 걱정 말아요. 아저씨는 배 속에서 나올 때 손모가지에 가위 들고 나와서 이발쟁이가 됐단 말예요?

이발소 안이 와아 웃음바다가 되었다. 나는 의기양양해서 사람들을 둘러보았다. 웃지 않는 건 이발사와 구석 자리의 의자에 턱 수건을 두르고 앉은 젊은 남자뿐이었다. 그는 거울 속에서 물끄러미 나를 보고 있었다. 나는 문득 그가 중국인 남자라고 생각했다. 길 건너 비스듬히 엇비낀 거리에서만 보았을 뿐 한 번도 가까이서 본 적이 없었으나 그 알 수 없는 시선의 느낌이

˙상고머리 머리 모양의 하나. 앞머리만 약간 길게 놓아두고 옆머리와 뒷머리를 짧게 치켜 올려 깎고 정수리 부분은 편평하게 다듬는다.
✽ 정말 접시처럼 발랑 되바라진 애구나 속이 완전히 드러나 있는 접시처럼, 조심성 없이 정말 얄밉도록 예의가 없는 아이구나.

그러했다. 나는 목수건을 풀어 탁 거울 앞에 던져 놓았다. 그리고 또각또각 걸어 나가 두 손으로 허리를 짚고 문께에 서서 말했다.

죽을 때까지 이발쟁이나 해요.

그러고는 달음질쳐 집으로 돌아왔다. 아버지는 피란 시절의 셋방살이 혹은 다리 밑이나 천막에서 아이들을 끌어안고 밤을 새우던 기억에 복수라도 하듯 끊임없이 집 손질을 했다. 손바닥만 한 마당을 없애며, 바느질을 처음 배운 계집애들이 가방의 안쪽이나 옷의 갈피짬마다 비밀 주머니를 만들어 붙이듯 방을 들이고 마루를 깔았다. 때문에 집 안에는 개미굴같이 복잡하게 얽힌 좁고 긴 통로가 느닷없이 나타나고, 숨으면 아무도 찾아낼 수 없는 장소가 꼭 한 군데는 있게 마련이었다.

나는 집으로 뛰어 들어와 헌 옷가지나 묵은 살림살이 따위 잡동사니가 들어찬 변소 옆의 골방에 숨어 들어갔다. 골방 구석에 놓인 빈 항아리의 좁은 아구리에 얼굴을 들이밀어도 온몸의 뼈가 물러앉는 듯한 센 물살과도 같은 슬픔은 사라지지 않았다.

그 뒤로도 나는 여러 차례 창을 열고 이켠을 보고 있는 그 남자의 시선을 느낄 수 있었다. 대개 배급소의 문밖에 쭈그리고

갈피짬 여러 조각이 이어진 사이의 하나하나의 틈.
골방(-房) 큰방의 뒤쪽에 딸린 작은방.
아구리 아가리. 물건을 넣고 내고 하는, 병·그릇·자루 따위의 구멍의 어귀.
물러앉다 1. 있던 자리에서 물러나 앉다. 2. 건물이나 물체 따위가 무너져 바닥으로 내려앉다.

앉아 석간신문˙을 기다리고 있을 때였다.

제니, 제니, 일어나. 엄마가 왔다.

치옥이가 꾸며 낸, 부드럽고 달콤한 목소리로 제니를 부르자 제니가 눈을 뜨고 일어나 앉았다. 치옥이가 아래층에서 대야에 물을 떠왔다. 제니는 비눗물이 눈에 들어가도 울지 않았다. 우리는 제니의 머리를 빗기고 향수를 뿌리고 옷장을 뒤져 옷을 갈아입혔다. 백인 혼혈아인 제니는 다섯 살이 되었어도 말을 못했다. 혼자 옷을 입는 것은 물론 숟갈질도 못해 밥을 떠 넣어 주면 입 한 귀로 주르르 흘렸다. 검둥이가 있을 때면 제니는 늘 치옥이의 방에 있었다.

짐승의 새끼야.

할머니는 어쩌다 문밖이나 베란다에 있는 제니를 신기하다는 듯 혹은 할머니가 제일 싫어하는, 털 가진 짐승을 볼 때의 눈으로 보며 말했다. 나는 제니를 보는 할머니의 눈초리가 무서웠다. 언젠가 집에 쥐가 끓어 고양이를 한 마리 기른 적이 있었다. 고양이가 골방에서 새끼를 일곱 마리나 낳자 할머니는 고양이에게 미역국을 갖다 주었다. 그러고는 똑바로 고양이의 눈을 쳐다보며 나비가 쥐 새끼를 낳았구나, 쥐 새끼를 일곱 마리나 낳았구나 하고 노래의 후렴처럼 몇 번이고 되풀이했다. 그날 밤 고양이는 새끼를 모조리 잡아먹고 대가리만 남겨 피 칠한 입으

석간신문(夕刊新聞) 매일 저녁때에 발행되는 신문.

로 야옹야옹 밤새 울었다. 할머니는 기다렸다는 듯 일곱 개의 조그만 대가리들을 신문지에 싸서 하수구에 버렸다. 할머니가 유난히 정갈하고˙ 성품이 차가운 것은 한 번도 자식을 실어˙ 보지도 못했기 때문이라고 어머니는 말하곤 했다. 할머니는 어머니의 생모가 아닌, 멀지 않은 친척이었다. 시집온 지 석 달 만에 영감님이 처제를 봤다지 뭐예요. 글쎄, 그래서 평생 조면(阻面)˙하시고 조카딸에게 의탁˙하신 거지요.* 어머니는 가깝게 지내는 이웃 아주머니에게 소리를 낮춰 수군거렸다.

제니는 치옥이의 살아 있는 인형이었다. 목욕을 시켜도, 삼십 분마다 한 번씩 옷을 갈아입혀도 매기 언니는 나무라지 않았다. 제니는 아기가 되고 때로 환자가 되고 때로 천사도 되었다. 나는 진심으로 치옥이가 부러웠다.

너도 동생이 있잖아.

치옥이가 의아하게˙ 물었다.

의붓동생인걸.

그럼 늬네 친엄마가 아니니?

정갈하다 깨끗하고 깔끔하다.
싣다 문맥상 '임신하다'의 뜻으로 쓰임.
조면(阻面) 1. 오랫동안 서로 만나 보지 못함. 2. 절교(絶交).
의탁(依託/依托) 어떤 것에 몸이나 마음을 의지하여 맡김.
✤ 시집온 지 석 달 만에 ~ 조카딸에게 의탁하신 거지요 시집온 지 석 달 만에 영감님이 할머니의 동생, 즉 처제와 관계를 맺고 처제를 아내로 들여, 할머니는 할아버지와 부부 생활도 못 하고, 결국 조카딸인 '나'의 어머니에게 얹혀살게 되었다는 것이다.
의아하다(疑訝--) 의심스럽고 이상하다. 여기에서는 문맥상 '의아해하며, 이상하게 여기며'의 의미로 쓰임.

나는 마른침을 꿀꺽 삼켰다.

응, 계모야.

치옥이의 눈에 담박 눈물이 괴었다.

그렇구나, 어쩐지 그럴 거라고 생각했었어. 이건 비밀인데 우리 엄마도 계모야.

치옥이는 비밀이라고 했지만 치옥이가 의붓자식이라는 것을 모르는 사람은 동네에서 아무도 없었다. 우리는 비밀을 서로 지켜 주기로 손가락을 걸고 맹세했다.

그럼 너의 엄마도 널 때리고, 나가 죽으라고 하니?

응, 아무도 없을 때면.

치옥이는 바지를 내려 허벅지의 피멍을 보이며 단호하게 말했다. 난 나가서 양갈보가 되겠어.

나는 얼마나 자주 정말 내가 의붓자식이었기를, 그래서 맘대로 나가 버릴 수 있기를 바랐는지 몰랐다.

어머니는 일곱 번째 아이를 배고 있었다. 가난한 중국인 거리에 사는 우리들 중 아기는 한밤중 천사가 안고 오는 것이라든지 방긋 웃으며 배꼽으로 나오는 것이라는 것을 믿는 아이는 아무도 없었다. 여자의 벌거벗은 두 다리 짬에서 비명을 지르며 나온다는 것쯤은 누구나 다 알고 있었다.

마른침 애가 타거나 긴장하였을 때 입 안이 말라 무의식중에 힘들게 삼키는 아주 적은 양의 침.
담박 단박. 그 자리에서 바로를 이르는 말.

러닝셔츠 바람의 미국 병사들이 부대 안의 테니스 코트에 모여 칼 던지기를 하고 있었다. 동심원이 그려진 과녁을 향해 칼은 은빛 침처럼, 빛의 한순간처럼, 날카롭게 빛나며 공기를 갈랐다.

획획 바람을 일으키며 휘파람처럼 날아드는 칼이 동심원 안의 검은 점에 정확히 꽂힐 때마다 그들은 우우 짐승 같은 함성을 질렀고 우리는 뜨거운 침을 삼키며 아아 목젖을 떨었다.

목표를 정확히 맞추고 한 걸음씩 물러나 목표물과의 거리를 넓히며 칼을 던지던 백인 병사가, 칼이 손 안에서 튕겨져 나오려는 순간 갑자기 발의 방향을 바꾸었다. 칼은 바람을 찢는 날카로운 소리로 우리를 향해 날았다. 우리는 아악 비명을 지르며 철조망 아래로 납작 엎드렸다. 다리 사이가 뜨뜻하게 젖어 왔다. 그리고 잠시 후 고개를 들어 킬킬대는 미군의 손짓이 가리키는 곳을 하얗게 질린 얼굴로 바라보았다. 우리의 뒤 두어 걸음쯤 떨어진 곳에서 가슴에 칼을 맞은 고양이가 네 발을 허공에 처들고 반듯이 누워 있었다. 거의 작은 개만큼이나 큰 검정 고양이였다. 부대의 쓰레기통을 뒤지는 도둑고양이였을 것이다. 우리가 다가가 둘러설 때까지도 사납게 뻗친 수염발을 바르르 떨고 있었다. 갑자기 오빠가 고양이를 집어 올렸다. 그리고 뛰었다. 우리도 뒤를 따라 덩달아 뛰기 시작했다. 젖은 속옷이 살에

동심원(同心圓) 같은 중심을 가지며 반지름이 다른 두 개 이상의 원.

감겨 쓰라렸다.

　미군 부대의 막사가 보이지 않는 곳에 이르자 오빠가 헉헉대며 걸음을 멈추었다. 그리고 비로소 손에 들린 것이 무엇인지 깨달은 듯 진저리를 치며 내동댕이쳤다. 검은 고양이는 털썩 둔탁한 소리를 내며 땅바닥에 떨어졌다.

　그걸 왜 갖고 왔니?

　한 아이가 비난하는 어조로 말했다. 도전을 받은 꼬마 나폴레옹은 분연히 고양이의 가슴패기에 꽂힌, 끝이 송곳처럼 가늘고 날카로운 칼을 빼어 풀숲에 쓱쓱 피를 닦았다. 그리고 찰칵 날을 숨겨 주머니에 넣었다.

　막대기를 가져와.

　한 아이가 지난봄 식목일의 기념식수 가지를 잘라 왔다.

　오빠는 혁대를 끌러 고양이의 목에 감고 그 끝을 나뭇가지에 매었다. 그리고 우리는 묵묵히 거리를 지났다.

　고양이는 한없이 늘어져 발이 땅에 끌리고 그 무게로 오빠의 어깨에 얹힌 나뭇가지는 활처럼 휘었다.

　중국인 거리에 다다랐을 때 여름의 긴긴 해는 한없이 긴 고양이의 허리를 자르며 비껴 기울고 있었다.

막사(幕舍) 군인들이 주둔할 수 있도록 만든 건물 또는 가건물.
진저리 차가운 것이 몸에 닿거나 무서움을 느낄 때 으스스 떠는 몸짓.
분연히(奮然-) 떨쳐 일어서는 기운이 세차고 꿋꿋한 모양.
기념식수(紀念植樹) 무엇을 기념하기 위하여 나무를 심는 일. 또는 그 나무.

머리에 서릿발이 얹힌 듯 희끗희끗 밀가루를 뒤집어쓴 제분 공장 노무자들이 빈 도시락을 달그락거리며 언덕을 넘어 우리 곁을 지나쳐 갔다.

고양이의 검고 긴 몸뚱어리, 우리들의 끝없이 길고 두려운 저녁 무렵의 그림자를 밟으며 우리는 부두를 향해 걸었다. 그때 나는 다시 보았다. 이층의 덧문을 열고 그는 슬픈 듯, 노여운 듯 어쩌면 희미하게 웃는 듯한 알 수 없는 눈길로 우리의 행렬을 보고 있었다.

부두에 이르러 우리는 나뭇가지를 내려놓고 고양이의 목에서 혁대를 풀었다. 오빠는 퉤퉤 침을 뱉으며 자꾸 흘러내리려는 바지허리를 혁대로 단단히 죄었다.

그리고 쓰레기와 빈 병과 배를 허옇게 뒤집고 떠 있는 썩은 생선들이 떠밀려 범람하는 방죽 아래로 고양이를 떨어뜨렸다.

해가 지고 있었으므로 우리는 공원으로 가기로 했다.

여느 때 같으면 한없이 올라가는 공원의 층계에 엎드려 층계를 올라가는 양갈보들의 치마 밑을 들여다보며, 고래 힘줄로 심을 넣어 바구니처럼 둥글게 부풀린 페티코트 속이 온통 맨다

서릿발 서리가 땅바닥이나 풀포기 따위에 엉기어 삐죽삐죽하게 성에처럼 된 모양. 또는 그것이 뻗는 기운.
범람하다(汎濫--/氾濫--) 1. 큰물이 흘러넘치다. 2. 바람직하지 못한 것들이 마구 쏟아져 돌아다니다.
방죽 물이 밀려들어 오는 것을 막기 위하여 쌓은 둑.
심(心) 양복저고리나 다른 옷의 어깨나 깃 따위에 빳빳하게 하려고 특별히 넣은 헝겊.

리뿐이라는 데 탄성을 지르거나 혹은 풀숲에 질펀히 앉아서 "도라아보는 발거름마다 눈무울 젖은 내애 처엉춘, 한 마아는 과거사를 도리켜 보올 때에 아아 산타마리아의 종이이 우울리인다" 따위 늙은 창부 타령을 찢어지게 불러 대었을 텐데 우리는 묵묵히 하늘 끝까지라도 이어질 것 같은 층계를 하나씩 올라갔다.

공원의 꼭대기에는 전설로 길이 남을 것이라는 상륙 작전의 총지휘관이었던 노장군의 동상이 있었다. 그곳에서는 시가지 전체가 한눈에 들어왔다.

선창에 정박해 있는 크고 작은 배들의 깃발이 색종이처럼 조그맣게 팔랑이고 있는 사이 기중기는 쉬지 않고 화물을 물어 올렸다. 선창에서 멀찌감치 물러나 섬처럼, 늙은 잉어처럼 조용히 떠 있는 것은 외국 화물선일 것이다.

공원 뒤쪽의 성당에서는 끊임없이 종을 치고 있었다. 고양이를 바다에 던질 때부터 아니 그 이전부터 우리 뒤를 따라오며

창부 타령(倡夫--) 무당 소리에서 유래된 것으로, 굿거리장단에 맞추어 부르는 경기 민요의 하나. 여기에서는 '유행가' 정도의 의미로 쓰임.
상륙 작전(上陸作戰) 인천 상륙 작전. 1950년 9월 15일 국제 연합(UN)군이 맥아더의 지휘 아래 인천에 상륙하여 당시까지 계속 북한군에게 밀리고 있던 6·25 전쟁의 전세를 뒤바꾼 군사 작전.
노장군 맥아더(Douglas MacArthur, 1880~1964)를 말한다. 미국의 군인으로, 제2차 세계대전을 맞이하여 1945년 8월 일본을 항복시키고 일본 주재 연합군 최고 사령관을 지냈다. 1950년 6·25 전쟁 때 만주 지구 공격 등 강경책을 주장하여 1951년 해임되었다.
시가지(市街地) 도시의 큰 길거리를 이루는 지역.
정박(碇泊/渟泊) 배가 닻을 내리고 머무름.
기중기(起重機) 무거운 물건을 들어 올려 아래위나 수평으로 이동시키는 기계.

머리칼을 당기던 소리였다.* 일정한 파문과 간격으로 한없이 계속되는, 극도로 절제되고 온갖 욕망과 성질을 단 하나의 동그라미로 단순화시킨 그 소리에는 한밤중 꿈속에서 깨어나 문득 듣게 되는 여름밤의 먼 우렛소리, 혹은 깊은 밤 고달프게 달려가는 기차 바퀴 소리에서와 같은, 이해할 수 없는 두려움과 비밀스러움이 있었다.

수녀가 죽었나 봐.

누군가 말했다. 끊임없이 성당의 종이 울릴 때는 수녀가 고요히 죽어 가는 것이라는 것을 우리는 모두 알고 있었다.

철로 너머 제분 공장의 굴뚝에서 울컥울컥 토해 내는 검은 연기는 전쟁으로 부서진 도시의 하늘에 전진(戰塵)처럼 밀려들고 있었다.

전쟁사에 길이 남을 것이라는 치열했던 함포 사격에도 제 모습을 고스란히 지니고 있는 것은 중국인 거리라고 불리는, 언덕 위의 이층집들과 우리 동네 낡은 적산 가옥들뿐이었다.

시가지 쪽에는 아직 햇빛이 머물러 있는데도 낙진처럼 내려앉는, 북풍에 실린 저탄장의 탄가루 때문일까, 중국인 거리는

✤ 공원 뒤쪽의 성당에서는 ~ 머리칼을 당기던 소리였다 성당의 종소리가, 고양이의 시체를 함부로 한 데서 오는 죄책감을, 마치 머리칼을 당기듯이 계속 상기시켰음을 의미한다.
파문(波紋) 1. 수면에 이는 물결. 2. 물결 모양의 무늬. 3. 어떤 일이 다른 데에 미치는 영향.
절제(節制) 정도에 넘지 아니하도록 알맞게 조절하여 제한함.
전진(戰塵) 싸움터에서 이는 먼지나 티끌.
낙진(落塵) 1. '방사성 낙진', 즉 '핵폭발에 의하여 생겨나 주변의 땅 위에 떨어지는 방사성 물질'을 일상적으로 이르는 말. 2. 화산 폭발 등으로 생겨나 주변의 땅 위에 떨어지는 가루 형태의 물질.

연기가 서리듯 눅눅한 어둠에 잠겨 들고 있었다.

  시의 정상에서 조망하는 중국인 거리는, 검게 그을린 목조 적산 가옥 베란다에 널린 얼룩덜룩한 담요와 레이스의 속옷들은, 이 시의 풍물(風物)이었고 그림자였고 불가사의한 미소였으며 천칭의 한쪽 손에 얹혀 한없이 기우는 수은이었다. 또한 기우뚱 침몰하기 시작한 배의, 이미 물에 잠긴 고물[船尾]이었다.

  시의 동쪽 공설 운동장에서 때 이른 횃불이 피어올랐다. 잔양(殘陽) 속에서 그것은 단지 하나의 흔들림, 너울대는 바람의 자락이었다. 그리고 사람들은 와아와아 함성을 질렀다. 체코, 폴란드, 물러가라. 꼭두각시, 괴뢰 집단 물러가라, 와아와아. 여름 내내 햇빛이 걷히면 한 집에서 한 명씩 뽑혀 나간 사람들은 공설 운동장에 모여 발을 구르며 외쳤다. 할머니는 돌아와 밤새 끙끙 허리를 앓았다.

서리다 1. 어떤 기운이 어리어 나타나다. 2. 냄새 따위가 흠뻑 풍기다.
조망(眺望) 먼 곳을 바라봄. 또는 그런 경치.
풍물(風物) 어떤 지방이나 계절 특유의 구경거리나 산물.
불가사의하다(不可思議--) 사람의 생각으로는 미루어 헤아릴 수 없이 이상하고 야릇하다.
천칭(天秤) 천평칭(天平秤). 저울의 하나. 가운데에 줏대를 세우고 가로장을 걸치는데, 양쪽 끝에 똑같은 저울판을 달고, 한쪽에 달 물건을, 다른 쪽에 추를 놓아 평평하게 하여 물건의 무게를 단다.
✤ 천칭의 한쪽 손에 얹혀 한없이 기우는 수은이었다 수은은 아주 무거운 성질과 중독성을 지닌 중금속이라는 사실에 비유하여, 이러한 수은처럼, 중국인 거리의 풍경은 도시 전체의 균형감을 깨뜨리는 아주 무겁고 음산한 분위기를 자아내는 요소였다는 뜻이다.
고물[船尾] 배의 뒷부분.
공설(公設) 국가나 공공 단체에서 일반 사람들을 위하여 만들어 세움. 또는 그런 시설.
잔양(殘陽) 해 질 무렵의 볕.
너울대다 너울거리다. 물결이나 늘어진 천 따위가 부드럽고 느릿하게 자꾸 굽이져 움직이다.
괴뢰(傀儡) 꼭두각시.

중립국˙ 감시위원단˙ 중 공산 측이 추천한 체코와 폴란드가(그들은 소련˙의 위성 국가입니다.) 그들의 임무를 저버리고 유엔군 측의 군사 기밀을 캐내어 공산 측에 보고하는 스파이가 되었기 때문입니다.

전체 조회에서 교장 선생님은 말했다.

무릎을 세우고 앉아 그 사이에 깊이 고개를 묻으면 함성은 병의 좁은 주둥이에 휘파람을 불어 넣을 때처럼 아스라하게˙ 웅웅대며 들려왔다. 땅속 깊숙이에서 울리는, 지층이 움직이는 소리, 해일˙의 전조˙로 미미하게˙ 흔들리는 물살, 지붕 위를 핥으며 머무르는 바람.

집으로 돌아왔을 때 어머니는 수채˙에 쭈그리고 앉아 으윽으

중립국(中立國) 전쟁이 벌어졌을 때나 평상시에 중립을 표방하는 '중립주의(中立主義)'를 외교의 방침으로 하는 나라.
중립국 감시위원단(中立國監視委員團) 1953년 휴전과 동시에 휴전선 및 포로 송환 업무를 감시하기 위해 구성된 감시위원단. 1953년 7월 27일 남북한 간 휴전의 성립과 함께 휴전 협정 제2조 다항에 의거하여 국제연합 측이 추천한 스웨덴 · 스위스와, 공산 측이 추천한 폴란드 · 체코슬로바키아 등 4개 중립국으로 구성된 감시단체다. 이후 위원단 내에 새로 인도가 추가되어 5개 중립국 송환위원회가 설치되었다.
소련(蘇聯, Soviet Union) 1922~1991년 유라시아 대륙의 북부에 위치하는 여러 소비에트 사회주의공화국으로 구성되었던 최초의 사회주의 연방국가.
위성 국가(衛星國家) 강대국의 주변에 위치하여 정치적 · 경제적 · 군사적으로 그 지배 또는 영향을 받는 나라.
아스라하다 먼 곳에서 들려오는 소리가 분명하지 않고 희미하다.
지층(地層) 자갈, 모래, 진흙, 생물체 따위가 바다 · 강의 밑바닥 또는 지표면에 퇴적하여 이룬 층.
해일(海溢) 해저의 지각 변동이나 해상의 기상 변화에 의하여 갑자기 바닷물이 크게 일어서 육지로 넘쳐 들어오는 것. 또는 그런 현상.
전조(前兆) 징조(徵兆). 어떤 일이 생길 기미(낌새).
미미하다(微微--) 보잘것없이 아주 작다.
수채 집 안에서 버린 물이 집 밖으로 흘러 나가도록 만든 시설.

윽 구역질을 하고 있었다. 임신의 징후였다. 이제 제발 동생을 그만 낳아 주었으면 좋겠다고 생각하며 나는 처음으로 여자의 동물적인 삶에 대해 동정했다. 어머니의 구역질은 비통하고 처절했다. 또 아이를 낳게 된다면 어머니는 죽게 될 것이다.

밤이 깊어도 나는 잠을 잘 수가 없었다. 마악 생기기 시작한 젖멍울을 할머니가 치맛말기를 뜯어 만들어 준 띠로 꽁꽁 동인 언니는 홑이불의 스침에도 젖이 아파 가슴을 싸쥐며 돌아누워 앓았다. 밤새도록 간단없이 들려오는 야경꾼의 딱딱이 소리, 화차의 바퀴 소리를 낱낱이 헤아리다가 날이 밝자 부두로 나갔다. 여전히 물결에 떠밀려 방죽에 부딪는 더러운 쓰레기와 썩은 생선들 사이에도, 닻 없이 떠 있는 폐선의 밑창에도 고양이는 없었다.

어느 먼 항구에서 아이들의 장대질에 의해 뼈가 무너진 허리 중동이를 허물며 끌어 올려질지도 몰랐다.

가을로 접어들어도 빈대의 극성은 대단했다. 해가 퍼지면 우

징후(徵候) 겉으로 나타나는 낌새.
치맛말기 치마의 맨 위에 둘러서 댄 부분.
야경꾼(夜警-) 밤사이에 화재나 범죄가 없도록 살피고 지키는 사람. 이 시절에는 밤에 일반인들의 통행이 금지되었으며, 야경꾼들이 거리를 돌아다니며 도둑 등을 단속하였다.
딱딱이 딱따기. 밤에 야경(夜警)을 돌 때 서로 마주 쳐서 '딱딱' 소리를 내게 만든 두 짝의 나무토막.
폐선(弊船/敝船) 아주 낡은 배. 또는 버려진 배.
중동이(中--) 중동(中-). 사물의 중간이 되는 부분이나 가운데 부분.
빈대 몸의 길이가 5mm 정도 되는 곤충으로, 둥글납작하며 갈색이다. 주로 밤에 활동하고, 집 안에 사는 것은 사람의 피를 빨며 불쾌한 가려움을 준다.
극성(極盛) 1. 몹시 왕성함. 2. 성질이나 행동이 몹시 드세거나 지나치게 적극적임.

리는 다다미를 들어내어 베란다에 널어 습기를 말리고 빈대 알을 뒤졌다. 손목과 발목에 고무줄을 넣은 옷을 입고 자도 어느 틈에 빈대는 옷 속에서 스멀대며 비린 날콩 냄새를 풍겼다. 사람들은 전깃불이 나가는 열두 시까지 대개 불을 켜 놓고 잠이 들었다. 불빛이 있으면 빈대가 덜 끓었기 때문이었다. 그러나 열두 시를 기점으로 그것들은 다다미 짚 속에서, 벌어진 마루 틈에서 기어 나와 총공격을 개시했다.

얕은 잠 속에서 손톱을 세워 긁적이며 빈대와 싸우던 나는 문득 나무토막이 부서지는 둔탁하고 메마른 소리에 눈을 떴다. 오빠는 어느새 바지를 주워 입고 총알처럼 계단을 뛰어 내려가고 있었다. 바깥에서는 갑작스러운 소음이 끓었다. 무슨 사건이 일어났구나, 나는 가슴을 두근대며 베란다로 나갔다. 불이 나간 지 오래되어 깜깜한 거리, 치옥이네 집과 우리 집 앞을 메우며 사람들이 가득 와글와글 떠들고 있었다. 뒤미처 늘어선 집들의 유리문이 드르륵 열리고 베란다로 나온 사람들이 무슨 일이냐고 소리쳤다. 죽었다는 소리가 웅성거림 속에 계시처럼 들렸다. 모여 선 사람들은 이어 부르는 노래를 하듯 입에서 입으로 죽었다는 말을 옮기며 진저리를 치거나 겹겹의 둘러싼 틈으로 고개

다다미 마루방에 까는 일본식 돗자리. 속에 짚을 5cm 가량의 두께로 넣고, 위에 돗자리를 씌워 꿰맨 것으로, 보통 너비 90cm에 길이 180cm 정도의 직사각형 모양으로 만든다.
스멀대다 스멀거리다. 살갗에 벌레가 자꾸 기어가는 것처럼 근질근질하다.
계시(啓示) 사람의 지혜로서는 알 수 없는 진리를 신(神)이 가르쳐 알게 함.

를 쑤셔 넣었다. 나는 턱을 달달 떨어 대며 치옥이네 집 이층, 시커멓게 열린 매기 언니의 방과 러닝셔츠 바람으로 베란다의 난간을 짚고 아래를 내려다보고 있는 검둥이를 보았다.

잠시 후 요란한 사이렌을 울리며 미군 지프가 달려왔다. 겹겹이 진을 친 사람들이 순식간에 양쪽으로 갈라졌다. 헤드라이트의 쏟아질 듯 밝은 불빛 속에 매기 언니가 반듯이 누워 있었다. 염색한, 길고 숱 많은 머리털이 흩어져 후광처럼 얼굴을 감싸고 있었다. 위에서 던져 버렸다는군.

검둥이는 술에 취해 있었다. 엠피가 검둥이의 벗은 몸에 군복을 걸쳐 주었다. 검둥이는 단추를 풀어 헤치고 낄낄대며 지프에 실려 떠났다.

입의 한 귀로 흘러내리는 물을 짜증을 내는 법도 없이 찬찬히 닦아 주며 치옥이는 제니에게 물을 먹이고 있었다. 아무리 물을 먹여도 제니의 딸꾹질은 멎지 않았다.

고아원에 가게 될 거야.

치옥이가 말했다. 봄이 되면 매기 언니는 미국에 가게 될 거야, 검둥이가 국제결혼을 해 준대라고 말하던 때처럼 조금 시무룩한 말투였다. 그 무렵 매기 언니는 행복해 보였다. 침대에 걸터앉은 검둥이의 발을 닦아 주는 매기 언니의, 물들인 머리를

후광(後光) 1. 부처와 보살의 몸 뒤로부터 내비치는 빛. 2. 기독교 예술에서, 그림 가운데 인물을 감싸는 금빛. 3. 어떤 사물을 더욱 빛나게 하거나 두드러지게 하는 배경을 비유적으로 이르는 말.
엠피(MP) 'Military Police'의 약자. 헌병(憲兵). 군사 경찰의 구실을 하는 병과. 또는 그런 군인.

높이 틀어 올려 깨끗한 목덜미를 물끄러미 보노라면 화장을 지운, 눈썹이 없는 얼굴로 나를 돌아보며 상냥하게 손짓했다. 들어와, 괜찮아.

제니는 성당의 고아원에 갔어.

이틀 후 치옥이는 빨갛게 부은 눈을 사납게 찡그리며 말했다. 매기 언니의 동생이 와서 매기 언니의 짐을 모조리 실어 가며 제니만을 달랑 남겨 놓았다는 것이다. 치옥이네 이층은 꽤 오랫동안 비어 있었다. 그러나 나는 치옥이네 집에 숙제를 하러 가거나 놀러 가지 않았다.

아침마다 길에서 큰 소리로 치옥이를 불렀다.

또 아이를 낳게 된다면 어머니는 죽을 것이라는 예감이 신념처럼 굳어 가고 있었지만 어머니의 배는 치마 밑에서 조심스럽게 불러 가고 있었다. 대신 매운 손맛과 나지막하고 독한 욕설로 나날이 정정해지던 할머니가 쓰러졌다. 빨래를 하다가 모로 쓰러진 후 제정신이 돌아오지 않는 것이다. 할머니의 등에 업혀 살던 막내 동생은 언니의 차지가 되었다.

대소변을 받아 내게 되자 어머니와 아버지는 할머니를 남편인 친척 할아버지가 있는 시골로 보내는 것에 합의를 보았다.

정정하다(亭亭--) 1. 나무 따위가 높이 솟아 우뚝하다. 2. 늙은 몸이 굳세고 건강하다. 여기에서는 2의 의미로 쓰임.
모로 1. 비껴서. 또는 대각선으로. 2. 옆쪽으로.
합의(合意) 서로 의견이 일치함. 또는 그 의견.

중국인 거리 55

이십 년도 가는 수가 있대요. 중풍˚이란 돌도 삭인다니까요.

어머니는 작게 소곤거렸다. 그러고는 조금 큰 소리로, 미우니 고우니 해도 늙마˚에는 영감님 곁이 제일이에요 했고, 이어 택시를 대절˚해서 모셔야 해요 하고 크게 말했다.

할머니는 다시 아기가 되었다. 나는 치옥이가 제니에게 하듯 아무도 없을 때면 할머니의 방에 들어가 머리를 빗기고 물을 입에 떠 넣기도 하고 가끔 쉬를 했는지 속옷을 헤치고 기저귀 속에 살그머니 손끝을 대어 보기도 했다.

할머니가 떠나는 날 어머니는 할머니의 옷을 벗기고 새 옷으로 갈아입혔다.

평생 자식을 실어 보지도 못한 몸이라 아직 몸매가 이렇게 고우시구나.

친척 할아버지가, 할머니의 동생인 작은할머니와 그 사이에 낳은 자식들과 살고 있는 시골에 할머니를 데려다 놓고 온 아버지는 한숨을 쉬며 더듬더듬 말했다.

못 할 짓을 한 것 같아, 그 집에서 누가 달가워하겠어, 개밥에 도토리˚지. 그런데 부부라는 게 뭔지……. 글쎄 의식이 하나도 없

중풍(中風) 뇌혈관의 장애로 갑자기 정신을 잃고 넘어져서 입과 눈이 한쪽으로 틀어지거나 반신불수, 언어 장애 따위의 후유증을 남기는 병.
늙마 '늘그막'의 준말. 늙어 가는 무렵.
대절(貸切) 계약에 의하여 일정 기간 동안 그 사람에게만 빌려 주어 다른 사람의 사용을 금하는 일.
✤ 개밥에 도토리 개는 도토리를 먹지 않기 때문에 밥 속에 있어도 먹지 않고 남긴다는 뜻에서, 따돌림을 받아서 여럿의 축에 끼지 못하는 사람을 비유적으로 이르는 말.

는 양반이 펄떡펄떡 열불이 나는 가슴을 풀어 헤치고 영감님 손을 끌어당겨 거기에 얹더라니깐…….

그러게 내가 뭐랬어요, 역시 보내 드리길 잘했지. 평생 서리서리 뭉쳐 둔 한인걸요.

어머니는 할머니가 쓰던 반닫이의 고리를 열었다. 평소에 할머니가 만지지도 못하게 하던 것이라 우리들의 길게 뺀 목도 어머니의 손길을 따라 움직였다. 어머니는 차곡차곡 쌓인 옷가지들을 하나씩 들어내어 방바닥에 놓았다. 다리 부분을 줄여 할머니가 입던 아버지의 헌 내의, 허드레로 입던 몸뻬 따위가 바닥에 쌓였다. 그리고 항라, 숙고사 같은 옛날 천의 옷이 나왔다. 어머니의 손길에 끌려 나온, 지난날 할머니가 한두 번쯤 입고 아껴 넣어 두었을 옷가지들을 보는 사이 비로소 이제 할머니는 돌아오지 않는다, 이런 옷들을 입을 날이 없을 것이라는 생각이 들어

열불(熱 -) 1. 매우 세차고 뜨거운 불. 2. 매우 흥분하거나 화가 난 감정을 비유적으로 이르는 말.
서리서리 감정 따위가 매우 복잡하게 얽혀 있는 모양.
반닫이(半 - -) 앞의 위쪽 절반이 문짝으로 되어 아래로 젖혀 여닫게 된, 궤 모양의 가구.
고리 키버들의 가지나 대를 쪼개 가늘게 깎은 긴 조각 따위로 엮어서 상자같이 만든 물건. 주로 옷을 넣어 두는 데 쓴다.
허드레 그다지 중요하지 아니하고 허름하여 함부로 쓸 수 있는 물건.
몸뻬 일바지. 여자들이 일할 때 입는 바지의 하나. 일본에서 들어온 옷으로, 통이 넓어 헐렁하고 발목을 묶게 되어 있다.
항라(亢羅) 명주, 모시, 무명실 따위로 짠 피륙의 하나. 가로로 놓는 실을 세 올이나 다섯 올씩 걸러서 구멍이 송송 뚫어지게 짠 것으로, 여름 옷감으로 적당하다.
숙고사(熟庫紗) 삶아 익힌 명주실로 짠 고사. 봄과 가을 옷감으로 쓴다.
　고사(庫紗) 비단의 하나. 감이 약간 두껍고 깔깔하며 윤이 나는데, 삶지 않은 명주실로 짠 생고사와 삶은 명주실로 짠 숙고사가 있다.

가슴 밑바닥에 바람이 지나가듯 서늘해졌다. 할머니는 언제 저 옷들을 입었을까, 언제 다시 입기 위해 아끼고 아껴 깊이 넣어 둔 걸까.

마지막으로 어머니는 수달피˙ 배자˙를 들어내고 밑바닥을 더듬었다. 그리고 손수건에 단단히 싼 조그만 물건을 꺼냈다. 어머니의 손길이 움직이는 동안 우리 형제들은 숨을 죽여 뚫어지게 그것을 바라보았다.

어머니는 의아한 얼굴로 눈살을 찌푸려 손수건 속을 들여다보았다. 그 속에는 동강이 난 비취반지˙, 퍼렇게 녹이 슬어 금방 부스러져 버릴 듯한 구리 버클, 왜정˙ 때의 백동전˙ 몇 닢, 어느 옷에 달았던 것인지 모를 크고 작은 몇 개의 단추, 색실 토막 따위가 들어 있었다.

노친네도 참, 깨진 비취는 사금파리˙나 다름없어.

어머니는 혀를 차며 그것을 다시 손수건에 싸서 빈 반닫이에 던져 놓았다. 내의 따위 속옷은 걸렛감으로 내어 놓고 옷가지들은 어머니의 장에 옮겨 놓았다. 수달피는 고급품이어서 목도리

수달피(水獺皮) 수달의 가죽. 옷의 안이나 옷깃 따위에 대는 가죽으로 쓴다.
배자(褙子) 추울 때에 저고리 위에 덧입는 옷. 조끼와 비슷하나 주머니와 소매가 없으며, 겉감은 흔히 양단을 쓰고 안에는 토끼, 너구리 따위의 털을 넣는다.
비취반지(翡翠斑指) 비취로 만든 반지. '비취'는 반투명체로 된 짙은 푸른색의 윤이 나는 보석으로, 장신구에 쓴다.
왜정(倭政) 일본이 침략하여 강점하고 다스리던 정치.
백동전(白銅錢) '백통전'의 원말. 백통돈. 구리, 아연, 니켈의 합금인 백통으로 만든 은백색의 돈.
사금파리 사기그릇의 깨어진 작은 조각.

로 고쳐 쓰겠다고 했다.

다음날 나는 아무도 몰래 반닫이를 열고 손수건 뭉치를 꺼냈다. 그러고는 공원으로 올라가 장군의 동상에서부터 숲 쪽으로 할머니의 나이 수만큼 예순다섯 발자국을 걸어 숲의 다섯 번째 오리나무 밑에 깊이 묻었다.

겨울의 끝 무렵 우리는 할머니의 부음˙을 들었다. 택시에 실려 떠난 지 두 계절 만이었다.

산월˙을 앞둔 어머니는 새삼스럽게 할머니가 쓰던, 이제는 우리들의 해진 옷가지들이 뒤죽박죽 되는대로 쑤셔 박힌 반닫이를 어루만지며 울었다.

저녁 내내 아무도 찾아내지 못할, 골방의 잡동사니들 틈에서 숨을 죽이고 있던 나는 밤이 되자 공원으로 올라갔다. 아주 깜깜했지만 나는 예순다섯 걸음을 걷지 않고도 정확히 숲의 다섯 번째 오리나무를 찾을 수 있었다.

깊은 땅속에서 두 계절을 묻혀 있던 손수건은 썩은 지푸라기처럼 축축하게 손가락 사이에서 묻어났다. 동강 난 비취반지와 녹슨 버클, 몇 닢 백동전의 흙을 털어 가만히 손안에 쥐었다. 똑같았다. 모두가 전과 다름없었다. 잠시의 온기와 이내 되살아나는 차가움.

부음(訃音) 사람이 죽었다는 것을 알리는 말이나 글.
산월(産月) 해산달(解産-). 아이를 낳을 달.

나는 다시 손안의 물건들을 나무 밑에 묻고 흙을 덮었다. 손의 흙을 털고 나무 밑을 꼭꼭 밟아 다진 뒤 일정한 보폭(步幅)을 유지하는 데 신경을 쓰며 장군의 동상을 향해 걸었다. 예순 번을 세자 동상이었다. 나는 고개를 갸웃했다. 분명히 두 계절 전 예순다섯 걸음의 거리였다. 앞으로 다시 두 계절이 지나면 쉰 걸음으로도 닿을 수가 있을까, 다시 일 년이 지나면, 그리고 십 년이 지나면 단 한 걸음으로 날듯 닿을 수 있을까.

아직 겨울이고 깊은 밤이어서 나는 굳이 사람들의 눈을 피하지 않고도 쉽게 장군의 동상에 올라갈 수 있었다. 키를 넘는, 위가 잘려진 정사면체의 받침돌에 손톱을 박고 기어올라 장군의 배 위에 모아 쥔 망원경 부분에 발을 딛고 불빛이 듬성듬성 박힌 시가지를 내려다보았다. 지난해 여름 전진처럼 자욱이 피어오르던 함성은 이제 들려오지 않았다. 다만 조용했다. 귀 기울여 어둠 속에 부드럽게 흐르는 소리를 좇노라면 땅속 가장 깊은 곳에서 숨어 흐르는 수맥이라도 손끝에 닿을 것 같은 조용함이었다.

나는 깜깜하게 엎드린 바다를 보았다. 동지나해로부터 밤새워 불어오는 바람, 바람에 실린 해조류의 냄새를 깊이 들이마셨

보폭(步幅) 걸음을 걸을 때 앞발 뒤축에서 뒷발 뒤축까지의 거리.
수맥(水脈) 땅속을 흐르는 지하수의 줄기.
동지나해(東支那海) 동중국해(東中國海). 일본의 규슈〔九州〕·류큐 열도〔琉球列島〕, 대만, 중국의 양쯔 강〔揚子江〕 이남으로부터 대만 해협 이북의 중국 대륙 사이에 있는 바다. 중국해 가운데 대만 동쪽 부분의 바다로, 북은 황해, 남은 남중국해에 이어진다.
해조류(海藻類) 해조(海藻).

다. 그리고 중국인 거리, 언덕 위 이층집의 덧문이 열리며 쏟아져 나와 장방형˙으로 내려앉는 불빛과 드러나는 창백한 얼굴을 보았다. 차가운 공기 속에 연한 봄의 숨결이 숨어 있었다.

나는 따스한 피 속에서 돋아 오르는 순(筍)˙을, 참을 수 없는 근지러움으로 감지했다.

인생이란······.

나는 중얼거렸다. 그러나 뒤를 이을 어떤 적절한 말도 떠오르지 않았다. 알 수 없는, 복잡하고 분명치 않은 색채로 뒤범벅된 혼란에 가득 찬 어제와 오늘과 수없이 다가올 내일들을 뭉뚱그릴 한마디의 말을 찾을 수 있을까.

다시 봄이 되고 나는 6학년이 되었다. 오빠는 어디서인지 강아지를 한 마리 얻어 와 길을 들이는 중이었다. 할머니가 없는 집 안에 개는 멋대로 터럭을 날리고 똥을 쌌다.

나는 일 년 동안 키가 한 뼘이나 자랐고 언니가 쓰던, 장미가 수놓여진 옥스퍼드천˙의 가방을 들게 된 것은 지난해부터였다.

우리는 겨우내 화차에서 석탄을 훔치고 밤이면 여전히 거리를 쥐 떼처럼 몰려다니며 소란을 떨었으나 때때로 골방에 틀어박혀 대본집˙에서 빌려 온 연애 소설 따위를 읽기도 했다.

장방형(長方形) 직사각형.
순(筍/笋) 나무의 가지나 풀의 줄기에서 새로 돋아 나온 연한 싹. 여기에서는 '나'의 피 속에서 돋아 오르고 있다고 하였으므로 '나'의 '성장' – 정신적이거나 육체적인 – 을 의미한다.
옥스퍼드천(oxford-) 옥스퍼드. 두 올 또는 세 올의 실을 꼬지 아니하고 나란히 짠 천.
대본집(貸本-) 대본소(貸本所). 돈을 받고 책을 빌려 주는 곳.

토요일이어서 오전 수업뿐이었다. 회충약을 먹는 날이니 아침을 굶고 와요, 배가 부른 회충은 약을 받아먹지 않아요.

사람들은 이제는 집을 훨씬 덜 지었으나 해인초 끓이는 냄새는 빠지지 않는 염색 물감처럼 공기를 노랗게 착색시키고 있었다. 햇빛이 노랗게 끓는 거리에, 자주 멈춰 서서 침을 뱉으며 나는 중얼거렸다.

회충이 지랄을 하나 봐.

치옥이는 깡통에 파마 약을 풀고 있었다.

제분 공장에 다니던 치옥이의 아버지가 피댓줄에 감겨 다리가 끊긴 후 치옥이의 부모가 치옥이를 삼거리의 미장원에 맡기고 이 거리를 떠난 것은 지난겨울이었다. 나는 매일 학교를 오가는 길에 미장원 앞을 지나치며 유리문을 통해 치옥이를 보았다. 치옥이는 자꾸 기어 올라가는 작은 스웨터를 끌어당겨 바지허리 위로 드러나는 맨살을 가리며 미장원 바닥에 떨어진 머리칼을 쓸고 있었다.

나는 미장원 앞을 떠났다. 수천의 깃털이 날아오르듯 거리는 노란 햇빛으로 가득 차 있었다. 언제였지, 언제였지, 나는 좀체로 기억나지 않는 먼 꿈을 되살리려는 안타까움으로 고개를 흔들며 집을 향해 걸었다. 집 앞에 이르러 언덕 위의 이층집 열린

착색(着色) 그림이나 물건에 물을 들이거나 색을 칠하여 빛깔이 나게 함.
피댓줄(皮帶-) 벨트(belt). 두 개의 바퀴에 걸어 동력을 전하는 띠 모양의 물건.

덧창을 바라보았다. 그가 창으로 상체를 내밀어 나를 손짓해 부르고 있었다.

내가 끌리듯 언덕 위로 올라가자 그는 창문에서 사라졌다. 그리고 잠시 후 닫힌 대문을 무겁게 밀고 나왔다. 코허리가 낮고 누른빛의 얼굴에 여전히 알 수 없는 미소를 띠고 있었다.

그는 내게 종이 꾸러미를 내밀었다. 내가 받아 들자 그는 몸을 돌려 안으로 들어갔다. 열린 문으로 어둡고 좁은, 안채로 들어가는 통로와 갑자기 나타나는 볕바른 마당과, 걸음을 옮길 때마다 투명한 맨발에 찰랑대며 묻어 오르는 햇빛을 보았다.

나는 골방에 들어가 문을 잠근 뒤 종이 뭉치를 끌렀다. 속에 든 것은 중국인들이 명절 때 먹는 세 가지 색의 물감을 들인 빵과, 용이 장식된 엄지손가락만 한 등이었다.

나는 그것들을 금이 가서 쓰지 않는 빈 항아리 속에 넣었다. 안방에서는 어머니가 산고(産苦)의 비명을 지르고 있었으나 나는 이층으로 올라갔다. 그리고 숨바꼭질을 할 때처럼 몰래 벽장 속으로 숨어 들어갔다. 한낮이어도 벽장 속은 한 점의 빛도 들이지 않아 어두웠다. 나는 차라리 죽여 줘라고 부르짖는 어머니의 비명과 언제부터인가 울리기 시작한 종소리를 들으며 죽음과도 같은 낮잠에 빠져들어 갔다.

코허리 콧등의 잘록한 부분. 또는 콧방울 위의 잘록하게 들어간 곳.
볕바르다 햇볕이 바로 비치어 밝고 따뜻하다.
산고(産苦) 아이를 낳을 때에 느끼는 고통.

내가 낮잠에서 깨어났을 때 어머니는 지독한 난산이었지만 여덟 번째 아이를 밀어 내었다. 어두운 벽장 속에서 나는 이해할 수 없는 절망감과 막막함으로 어머니를 불렀다. 그리고 옷 속에 손을 넣어 거미줄처럼 온몸을 끈끈하게 죄고 있는 후덥덥한 열기를, 그 열기의 정체를 찾아내었다.

초조(初潮)였다.

■「문학과지성」(1979) ;『유년의 뜰』(문학과지성사, 1998)

난산(難産) 순조롭지 아니하게 아이를 낳음. 또는 그런 해산.
초조(初潮) 초경(初經). 대략 12세에서 15세 사이의 여성이 처음으로 시작하는 월경.

중국인 거리 **작품 해설**

● 등장인물 들여다보기

| 나

가끔 못되고 되바라진 모습을 보이지만 실제로는 속생각과 감수성이 아주 깊고 풍부한 10대 초반의 소녀입니다. 초등학교 2학년 때 중국인 거리로 이사를 와서 작품이 끝날 무렵 6학년이 되었다고 했으니, 초등학교 2학년부터 6학년까지 중국인 거리에서 성장한 셈이지요.

당시는 6·25 전쟁이 끝난 지 얼마 되지 않은 때이니, 주변 환경이 좋을 리 없습니다. 중국인 거리에는 중국인들도 살고 미군 병사도 살며 양갈보도 삽니다. 탄가루가 날리고 해인초 끓이는 냄새가 진동하며 제분 공장의 매연도 날아옵니다. 아버지는 돈 버느라 바쁘고 어머니는 끊임없이 아이를 배고 낳으니, '나'를 챙겨 줄 사람도 거의 없습니다. '나'는 자신을 둘러싼, 그러한 낯설고 거칠며 불안정한 환경에 대해 섬세하게 묘사하는 동시에, 자신이 어떻게 외롭게 성장해 갔는지를 들려줍니다.

특히 여성으로서 성인이 되었음을 알리는 '초조'를 하면서 작품이 끝나는데, 이때 '나'는 매기 언니, 할머니, 어머니 등과 같은 주변 여성들의 불행한 처지를 낱낱이 살핀 뒤입니다. 따라서 여성으로서 살아갈 미래에 대한 불안감을 떨치지 못하지요. 그러나 다른 한편으로 보면, 앞서 설명했듯이 '나'는 자신을 둘러싼 열악한 환경과 주변에서 일어나는 끔찍한 사건들을 섬세하고 차분하게 묘사하고 있는데, 그런 모습을 통해 '나'가 그 환경들을 충분히 감당해 내고 있음을 짐작할 수 있습니다.

치옥이

'나'의 유일한 친구로서 '나'보다 훨씬 더 불우한 처지에서 살아가는 소녀입니다. 아버지, 계모와 함께 살고 있는데, 집에서 양갈보인 매기 언니에게 세를 놓아서 매기 언니와 미군 흑인 병사가 생활하는 모습을 늘 보고 지냅니다. 계모에게 얻어맞아 피멍이 드는 등 불행하게 살면서도 매기 언니가 다른 미군 백인 병사와의 사이에서 낳은 것으로 짐작되는 다섯 살 난 여자아이 제니를 친동생처럼 보살피며 즐거워하지요. 그러면서 어이없게도 "난 커서 양갈보가 될 테야."라고 말하기도 해요. 아마도 흑인 병사가 가져다주는 온갖 신기한 물건들로 매기 언니가 유복하게 산다고 생각해서였겠지요. 그러나 매기 언니는 동거하는 흑인 병사에게 살해되고 제니는 고아원에 보내집니다. 또 치옥이 아버지는 일하던 제분 공장에서 다리를 다쳐서 더 일을 할 수 없게 되자, 치옥이를 미장원에 맡기고는 계모와 함께 중국인 거리를 떠나버려요. 치옥이는 결국 홀로 버려지다시피 하지요.

그

'나'가 관심 있게 지켜보는 묘한 분위기의 중국인 남자입니다. '그'가 어떤 사람인지는 정확히 알 수 없습니다. '나'의 시선으로

'그'가 '나'를 바라보는 모습이 간간이 묘사될 뿐이기 때문이지요. 언젠가부터 '그'의 시선을 의식한 뒤 '나' 역시 '그'를 의식하며 지켜보기만 할 뿐 서로 이야기도 나누지 않아요. 그럼에도 불구하고 '나'에게 '그'는 뭔가 아주 중요한 느낌을 주는 인물로 그려집니다. 작품의 마지막 부분에서 '그'는 '나'에게 미소를 지으며 작은 선물들을 줌으로써 '나'와의 직접적인 만남과 교감이 이루어지기도 합니다. 낯설고 거친 환경 속에서 힘들게 성장하는 '나'에게 유일하게 위안을 주는 신비로운 인물이라 할 수 있습니다.

● 작품 Q&A

"선생님, 궁금해요!"

Q 이 작품의 시간적, 공간적 배경이 궁금해요.

A 우선 공간적 배경은 제목에 나와 있듯이 '중국인 거리'일 텐데, 그 주변에는 항만과 제분 공장이 있고 게다가 상륙 작전을 지휘한 노장군의 동상이 근처에 있다고 합니다. 네, 그렇습니다. '나'가 살고 있는 곳은 바로 인천입니다. 인천에서도 중국인들이 모여 사는 이른바 '차이나타운'이지요. 상륙 작전이란 6·25 전쟁에서의

인천 상륙 작전을 말하고, 그것을 지휘한 장군은 맥아더입니다. 맥아더 장군의 동상이 있는 자유 공원의 바로 아래에 인천의 차이나타운이 형성되어 있어요. 우리나라에는 여러 곳에 차이나타운이 있는데, 인천은 그중에서 가장 먼저 차이나타운이 생긴 곳입니다. 지금도 이 동네는 남아 있어요.

그리고 작품에 정확한 연도는 제시되어 있지 않으나, 시간적 배경을 추측할 수 있는 단서는 몇 가지 제시되어 있어요. 우선 '나'의 가족이 피란지에서 이곳 중국인 거리로 이사를 왔고, 중국인 거리에는 곳곳에 폭격의 흔적이 남아 있지요. 특히 인천은 인천 상륙 작전 때에 엄청난 폭격을 퍼부었던 곳이에요. 그러므로 이 작품은 6·25 전쟁 직후를 시간적 배경으로 삼고 있을 거예요.

참고로 작가 연보를 보면, 작가의 가족은 충남 홍성군에서 피란살이를 하다가 1955년에 인천으로 이주했으며, 거기서 다시 서울로 이사 간 것은 1959년으로 되어 있어요. 작가가 초등학교를 다닐 때이니 이 작품의 '나'의 성장 배경과 거의 일치하지요? 따라서 이 작품도 1950년대 중·후반을 시간적 배경으로 삼고 있다고 보면 될 거예요.

Q 중국인 거리를 비롯해서 작품 속에서 '나'의 눈을 통해 그려지는 장소와 사람들이 전체적으로 아주 묘하고 이상한 느낌을 주는데, 그 이유는 무엇일까요?

A 이 작품은 주인공인 '나'가 또래들과 함께 시내를 돌아다니는 장면에서 시작합니다. 탄가루가 날리고, 맡으면 골치가 아픈 해

인초 끓이는 냄새가 진동하며, 곳곳에 포격으로 무너진 건물 잔해가 널려 있는 등, 황량한 분위기가 그려지지요. 그 뒤로도 '나'가 묘사하는 중국인 거리는 대단히 낯설고 기묘한 느낌을 많이 줍니다. 그도 그럴 것이 일단 '차이나타운'이라는 공간 자체가 지금도 그렇지만 당시로서는 매우 흔치 않은 곳이어서였을 거예요. 기묘한 풍습을 지닌 중국인이라는 이방인(異邦人 : 다른 나라에서 온 사람)들이 많이 살고 있고, 게다가 전쟁 직후여서 근처에 미군이 주둔하고 있으며, 그에 따라 '양갈보'라는 낯선 존재들도 곳곳에 살고 있어요. 더욱이 전쟁으로 곳곳이 폐허가 되어 있고 재건을 위해 집을 짓는 공사도 여기저기서 이루어지지요. 이 작품은 이렇게 낯설고 기묘한 곳을 배경으로 해서 '나'가 성장해 가는 과정을 그리고 있어요. 처음 중국인 거리로 이사를 왔을 때 '나'는 피란지인 시골에서 꿈꾸어 오던 도회지와는 달랐다고 말하고 있지요. "오색의 비눗방울 혹은 말로만 듣던 먼 나라의 크리스마스트리처럼 우리가 가게 될 도회지를 생각하곤 했었"는데, 그 기대가 완전히 깨진 것이지요. 그래서 이 작품에서는 '나'가 주변 환경에 잘 적응해서 살아가는 모습이 아니라, 주변 환경과 불화(不和 : 서로 화합하지 못함. 또는 서로 사이좋게 지내지 못함)하는 모습이 많이 그려지고 있어요.

그런데 소설이란 대개 주인공이 주변 환경과 불화하는 모습을 그리게 마련이에요. 그래서 세상이란 어떤 곳이고, 자신은 어떻게 살아야 할 것인가를 탐색해 나가게 되는 거지요. 이 작품에서도 주인공이 동화처럼 꿈꾸었던 세상이 아닌 현실적인 세상을 경험하는 과정을 그리고 있지요. 그러나 주인공인 '나'가 아직 어리기 때문에 자신이 직접 경험한 세상의 '의미'를 완벽하게 파악하고 있는 모습으로 그려지지는 않아요. 또한 '나'가 세상에 대해 어떤 '생각'을 하는지도 잘 이야기하지 않고 있지요. 다만 '나'는 자신이 어떤 세상을 경험하였는지를 매우 충실하게 보여 주고 있어서, 그것의 의미를 우리가 짐작해 볼 수는 있어요.

Q 아직 어린아이인데도 '나'는 어머니가 계모라고 거짓말을 하고 치옥이는 커서 양갈보가 되겠다는 황당한 꿈을 갖고 있어요. 또 '나'는 이발사에게 막말을 퍼붓기도 해요. 이 소녀들이 왜 이러는 거죠?

A 열악한 환경에서 살아가는 아이들이 멀쩡하게 성장하기를 바라기는 어렵겠지요?

먼저 '나'의 어머니는 작품 마지막에 여덟 번째 아이를 낳지요. 지금으로서는 텔레비전에 나올 만한 일이지만 당시만 해도 그렇게 드물지 않았어요. 오히려 여성들에게 다산(多産 : 아이를 많이 낳음)이 장려되었지요. 더욱이 전쟁 직후에는 어느 사회든 출산이 붐을 이루게 됩니다. 전쟁 때에는 남자들이 전쟁터에 나가서 아이를 낳지 못하기 때문이지요. 어머니가 끊임없이 아이를 낳다 보니, 그리고 당시 경제적으로 궁핍하기도 했을 터이므로, 자연히 '나'는 어머니의 보살핌을 잘 받지 못했을 거예요. 더군다나 당시는 남성 중심의 사회였으므로 남자아이들은 나름대로 부모의 보살핌을 받지만 여자아이들은 거의 제대로 보살핌을 받지 못했어요. '나' 역시 오빠나 남동생들 틈에서 아마 거의 존재감이 없었을 겁니다. 그렇게 부모로부터 보살핌을 받지 못하니까 '나'가 치옥이에게 자신의 엄마가 '계모'라고 거짓말하는 것도 별로 이상하지 않지요. 심지어 '나'는 정말 자신이 의붓자식이었으면 하고 바라기도 합니다. 의붓자식이라면 맘대로 가출이라도 할 수 있을 테니까 하고 말이에요. 가출을 하고 싶은 욕망은 부모로부터 애정을 받지 못한다고 여기는 서운한 마음에서 나온 것이겠지요.

치옥이는 '나'보다도 더욱 불행한 처지에 있어요. 치옥이야말로 계모 밑에서, 계모에게 늘 맞으면서 살고 있지요. 그래서 어린 마음에 자신의 집 이층에 세 들어 사는 양갈보인 매기 언니가 흑인 병사가 가져다주는 온갖 신기한 물건들을 누리면서 잘 살고 있는 것으로 생각하고 부러웠겠지요. 그러니 "난 커서 양갈보가 될 거야."라고 말하는 것이지요.

'나'가 이발사에게 되바라지게 "죽을 때까지 이발쟁이나 해요."라고 말하는 건, '나'가 나름대로 환경에 적응한 모습이기도 해요. 당시 우리 사회는 전쟁을 겪은 뒤라 매우 궁핍했어요. 가난에 찌들어 살다 보면 인정이 각박해지게 마련이에요. 가령 '나'는 푸줏간에 가서 어머니가 시키는 대로 "애라고 조금 주세요?"라고 따지기도 했지요. 장사꾼들은 어리숙한 아이들을 속이기가 일쑤였어요. 그러다 보니 '나'는 자신이 요구한 상고머리가 아닌, '나'가 싫어하는 뒷박머리로 깎아 놓은 이발사가 자신을 속인 것처럼 생각되어 미웠을 거예요. 그래서 어른인 이발사에게 한바탕 막말을 퍼부은 것이고요. 그런데 정작 그러고 나서 '나'는 달아나듯이 집으로 돌아와 골방에 숨어 '슬픔'을 느끼지요. 아마도 자신이 호감을 느끼고 있는 중국인 남자 앞에서 그처럼 되바라진 모습을 보인 것 때문에 그랬을 거예요. '나'는 그냥 되바라진 모습만 가진 것이 아니라 그런 자신의 모습에 대해 슬픔도 느끼는 아이인 거지요.

Q 이 작품에는 '나'와 치옥이를 비롯해서 특히 여성들이 많이 등장하는데, 모두가 어둡고 불행한 모습들을 보이고 있어요. 이것이 작품의 주제와 특별한 연관성이 있는 걸까요?

A 그렇지요. 이 작품의 아주 중요한 면을 찾아냈군요. 가만히 보면 이 작품에는 특히 여성들이 많이 등장하는데, 그들 가운데 행복해 보이는 사람은 한 사람도 없어요. 가장 불행한 여성은 아무래도 매기 언니겠지요. 미군 병사에게 몸을 팔면서 살다가 그에게 죽임을 당하고 마니까요. 매기 언니는 미군 병사에게 몸을 판 대가로 자기 생활만 꾸려 나간 것이 아니라, 아마도 다른 데서 살고 있는 가족들을 도왔을 거예요. 그러나 그 가족들은 매기 언니가 죽은 뒤 매기 언니의 짐은 실어 가면서 매기 언니의 딸인 제니는 버려두고 갑니다. 그래서 성당 고아원에 맡겨지는 제니도 불행하긴 마찬가지지요.

제니를 마치 인형처럼 돌보던 치옥이는 계모에게 구박 받으며 살다가, 아버지가 계모와 함께 동네를 떠나면서 미장원에 맡겨지고 맙니다. 학교도 그만두고 미장원의 허드렛일을 하면서 살아가는 치옥이도 더욱 불행한 처지에 놓이게 된 것이지요. 이들은 모두 전쟁 직후의 냉혹했던 우리 사회에 의해 희생된 존재들일 거예요.

'나'의 가족인 어머니와 할머니도 행복한 삶과는 거리가 있어요. 아버지가 취직하기 전에 시골에서 몰래 담배 장사를 하던 어머니는 중국인 거리로 이사 와서는 내내 아이를 임신하고 낳는 일에 묶여 있어요. '나'는 어머니가 여덟 번째 아이를 낳으면 죽을 거라고 예감하는데, 실제로 죽지는 않겠지만 그만큼 '나'에게 있어 출산은 어머니의 삶을 갉아먹는 것으로 여겨지지요.

이런 어머니와는 반대로 할머니는 출산의 경험이 없어요. 시집 온 지 얼마 되지도 않아 할아버지가 할머니의 동생을 첩으로 들여서 평생 할아버지와는 얼굴도 대하지 않고 살아오신 거예요. 그 바람에 아이를 낳을 기회가 평생 주어지지 않았던 것입니다. 그러다가 어느 날 중풍에 걸려서 할아버지에게 보내졌지만 곧 죽음을 맞이하지요.

따라서 '나'에게 어머니의 삶은 아이를 낳는 일 때문에 피폐해지고, 할머니의 삶은 아이를 낳지 못한 것 때문에 불행해진 거라고 여겨지는 거예요. 그러니까 어머니와 할머니는, 여성들의 삶이 아이 낳는 일에 매여 있던 당시의 남성 중심 사회의 희생자라고 할 수 있어요.

주변 여성들의 삶이 이렇게 불행하다 보니, '나'는 여성으로 성장하고 있는 자신의 미래가 불안하지 않을 수가 없겠지요. 작품 결말에 가면 '나'는 '초조', 즉 첫 생리를 하지요. 생리를 한다는 것은 곧 아이를 임신할 수 있게 되었다는 것을 의미해요. 그렇게 예비 성인으로 성장을 하면서도 '나'는 "이해할 수 없는 절망감과 막막함"을 느끼지요. 주변 여성들의 삶을 볼 때, 자신에게 닥쳐온 여성으로서의 삶도 불안하지 않을 수 없었던 거예요. 그러면서도 '나'는 아이를 낳지 못한 채 불행하게 죽음을 맞은 할머니의 "돈 안 되는" 유품을 묻어 준다든지, 홀로 남겨진 치옥이를 매일 유리창 너머로 지켜봐 준다든지, 초조를 하며 불안감에 휩싸여 어머니를 부르는 등 알게 모르게 불행한 여성들과 '손을 잡으려는' 노력을 하고 있다는 것도 놓치지 말아야 할 거예요.

Q '나'는 '그'라는 중국인 남자에게 관심이 많은 것 같아요. 그렇지만 이 남자는 말을 한 마디도 안 하고, 정체가 뭔지도 잘 안 드러나는데, 이 남자는 '나'에게 어떤 의미를 갖는 걸까요?

A 그래요, 이 남자는 아주 신비스러운 느낌을 주지요. 왜냐하면 '나'가 늘 의식하면서도 끝내 서로 아무 말도 하지 않아서 '나'조차도 '그'가 어떤 사람인지 모르고 있기 때문이에요. (이 작품은 일인칭 주인공 시점으로 쓰여 있어서 '나'가 알 수 없는 사실은 우리 독자들도 절대 알 수가 없답니다.) 그러나 '그'는 '나'가 이 작품에서 유일하게 의지하는 인물이기도 해요.

'나'는 치옥이와 어울려 지내지만 치옥이에게 의지하지는 않아요. 가족들 중에서도 의지가 되어 주는 사람이 없답니다. 할머니가 떠난 뒤 할머니의 유품을 챙기지만 할머니에게서도 어떠한 위안을 받은 적이 없어요. 마지막에 어머니를 부르며 어머니에게 기대려 하지만, 작품 내내 어머니가 '나'를 돌보아 준다거나 챙겨 주는 일은 없었지요. 오로지 '그'만이 '나'를 지켜봐 줍니다. 이사 온 첫날 이층 덧창으로 얼굴을 내민 뒤, 이발소에서 '나'가 이발사와 대립하여 되바라진 모습을 보일 때, 치옥이와 함께 매기 언니의 술을 몰래 나눠 마시고는 유리문의 커튼을 열고 밖을 내다보았을 때,

'그'가 '나'를 지켜보지요. '나'는 '그'를 보고는 '알지 못할 슬픔'에 빠집니다. '그'를 보고 '나'가 '알지 못할 슬픔'에 빠지는 건, '그'가 직접적으로 '나'를 슬프게 해서라기보다는, '그'가 '나'를 지켜보고 있다는 것을 의식하고는 아마도 '나'가 외롭고 힘들게 살아가는 자신의 처지를 문득 느끼기 때문이 아닐까 해요. '나'는 늘 홀로 외롭게 살아가고 있는데, 평소에는 그것을 잘 느끼지 못하지만, 누군가가 자신을 지켜보고 있다는 사실을 알게 되면서 스스로 자신의 삶을, 자신의 모습을 돌아보게 되고 자신의 외로움을 새삼스럽게 느끼게 되는 것이지요. 그리고 아무도 돌봐 주지 않는 자신을 지켜봐 주는 '그'가 존재한다는 사실이 '나'에게는 외로운 삶을 버텨 나갈 힘이 되어 줄 수 있지요.

작가는 '그'라는 존재에 대해 이런 설명을 합니다. "제 소설 안에는 무수한 '그'가 있습니다. (……) '그'는 충족되지 못하는 욕망이거나 엄중한 금기(禁忌)에 짓눌린 자아, 또는 현실을 견뎌 내기 위해 불러온 곡두이거나 어쩌면 근원적 그리움일지도 모르며 내 의식에 투영된 나 자신일 수 있습니다." 여기서 '곡두'란 실제로는 눈앞에 없는 사람이나 물건이 마치 있는 것처럼 보이다가 사라져 버리는 현상, 즉 '환영' 같은 것을 말합니다. 작가의 설명을 바탕으로 생각해 볼 때, '그'는 실제로 존재하는 인물이 아니라, '나'가 힘든 현실 속을 살아가는 자신을 돌아보거나 혹은 힘들어서 누군가로부터 위안을 얻고자 할 때에 자신의 상상 속에서 만들어 낸 존재일 수 있습니다. 실제로 우리는 힘든 현실 속에서 괴로울 때에 그러한 자신을 누군가가 지켜봐 준다는 생각만으로도 그 누군가로부터 위안을 얻을 수 있습니다. '나' 역시 이와 마찬가지로 상상 속의 '그'로부터 힘든 삶을 살아 나갈 힘과, 살아갈 의미 같은 것을 얻었을 수도 있습니다. 숨어 있어서 잘 알지는 못하지만, '나'가 삶을 살아가게 해 주는 삶의 '의미' 같은 존재가 바로 '그'인 것이지요.

그리고 마지막 장면에서 '나'가 초조를 하기 전에 '그'는 '나'에게 "세 가지 색의 물감을 들인 빵과, 용이 장식된 엄지손가락만 한 등"을 건네주지요. '그'에게서 받은 빵과 등도, 아마 이 작품 이후에 '나'가 살아가는 데 적지 않은 힘이 되어 줄 것 같지 않나요?

❋ 더 읽어 봅시다 ❋

피란지에서의 유년의 기억을 그린, 작가의 또 다른 작품
오정희, 〈유년의 뜰〉 _ 아버지는 전쟁터에 가 있고, 어머니는 술집에 나가며 외박을 일삼고, 오빠는 반항심으로 포악한 행동을 하는 등의 불안정한 분위기의 가족들 틈새에서, 아버지에 대한 그리움과 거리감 때문에 방황하는 '나'의 유년 시절을 그린 작품이다.

엄마를 따라 시골에서 서울 변두리로 이사 온 한 여자아이의 성장기
박완서, 〈엄마의 말뚝 1〉 _ 일제 강점기인 1930년대 말에, 자식에 대한 교육열에 불타는 홀어머니를 따라서 시골 마을에서 서울로 이사 온 한 소녀가, 사대문 밖의 한 변두리 동네에 살면서 여러 사건과 사람을 겪으며 성장하는 과정을 세밀하고 생생하게 그린 작품이다.

# 완구점 여인

작품이 시작되면 한 소녀가 아무도 없는 빈 교실에서 친구들의 책상을 뒤지면서 혼잣말을 하기도 하고 기이한 공상에 빠지기도 합니다. 이 소녀는 언제부턴가 늘, 휠체어를 탄 완구점 주인 여자를 보러 가고, 거기서 오뚝이를 사 오곤 했습니다. 그런데 그렇게 사 모은 백 개의 오뚝이를 이젠 없애 버려야겠다고 생각하는 것으로 작품이 끝납니다. 이 소녀에겐 도대체 무슨 사연이 있는 걸까요?

　태양이 마지막 자기의 빛을 거둬들이는 시각이었다. 어둠은 소리 없이 밀려와 창가를 적시고 있었다. 어둠이 빛을 싸안고 안개처럼 자욱이 내려 덮일 때의 교실은 무덤 속을 연상시키기도 한다. 낡은 커튼으로 배어든 약한 빛 속에서 머무르던 갖가지 숨결과 대화는 어둠이 깃들이는 것과 동시에 죽어 버리는 것이다. 소리를 지르면 그대로 터엉 울려올 듯 공허해지는 것이다. 가로와 세로로 각각 여덟 개씩의 책상들. 나는 갑자기 모든 것이 죽음처럼 사라져 가는 어두운 교실 안에서 그것들이 서서히 살아나고 있음을 느낀다. 자로 잰 듯이 반듯하게 놓인 그들의 질서가 두려워진다. 정확하게 열려진 두 개씩의 서랍들은 시커멓게 입을 벌려 어둠을 빨아들이고 있다. 나는 그것들을 노려보면서 언제나처럼 진기한 보물이 가득 들어찬 동굴 속을 보는 듯한 기대와 공포를 느낀다. 그리고 이곳 교실에는 아무도 없다는 사실이, 예순넷의 책상들이 모두 나의 차지라는 사실이 가슴을 떨리게 한다. 이제 시작할까. 나는 소리를 내서 말해 본다. 아무런 대꾸도 있을 리 없다. 다만 내가 뱉어 놓은 여섯 개의 음절이 어둠 속에 먹혀 감을 느꼈을 뿐이다. 창가에 놓인 책상 서랍부터 휘젓기 시작했다. 방석이 집히는 곳도, 필통이 집히는 곳도 있다. 필통을 열어 안의 것을 가방에 넣었다. 덧신이 집히는 곳도 있다. 신고 있던 덧신을 멀리 벗어 던지고 서랍 속의 덧신을 신었다. 조금 작은 듯했다. 뒤축을 꺾었다. 아직 새것인 듯 빳빳한 감촉이 기분 좋았다. 코를 풀어 버린 휴지만 가득한 곳도 있다. 도시락이 만져진다. 뚜껑을 열었다. 먹다 남긴 부분이 톱날처럼 선명하게 뵌다. 비릿한 냄새와 달짝지근한 맛이 구토를 일으킬 듯했다. 밥도 더럽게 먹었군, 중얼거려 본다. 그리고 귀를 기울였다. 몇 개의 동굴을 거쳐 오듯 공허한 나의 목소리는 전혀 타인의 음성으로 들렸다. 나는 갑자기 이야기가 하고 싶어졌다. 사람들이 모두 돌아가 버린 어두운 교실에서 눈 뜨는 나의 세계와 저녁마다의 이러한 작업으로 나는 오뚜기를 사 모은다는 이야기를, 그리고 그 장난감 가게의 두 다리를 못 쓰는 여인의 이야기를 하고 싶었다. 유리창이 덜컹거렸다. 바람이 부는 모양이다. 손에 집히는 것이 별로 없었다. 조바심이 났다. 그리고 지루해졌다. 허나 아직도 다섯 줄이나 남아 있는 책상들을 그대로 두고 갈 수는 없다. 다음 책상으로 손을 넣으려다 나는 마룻바닥에 주저앉아버렸다. 복도로 슬리퍼 끄는 소리가 요란했다. 서너 명은 될 것이다. 어제도 그저께도 그들은 항상 떠들며 지나갔다. 한 번도 내가 있는 교실 문을 열어 본 적은 없었다. 그러나 나는 견딜 수 없이 심장이 뛰었고, 갑자기 그들이 문을 열어제치며 내 이름을 부를 것 같은, 또한 그들은 모든 것을 낱낱이 알고 있으면서도 모른 체하고 그맘때만 소리를 내며 지나는 것이라는 생각을 하곤 했다. 문득 나는 어둠 속에서 살피고 있는 날카로운 두 눈을 느꼈다. 누가 있니? 오히려 대답이 있기를 바라는 마음으로 나는 말했다. 이런 따위의 공포는 견딜 수 없다. 물론 대답은 없었다. 다시 서랍들을 뒤졌다. 문득 긴장을 느꼈다. 매끄럽고 납작하게 만져지는 것은 지갑일 것이다. 나의 손은 서랍 속에서 잠시 망설이고 있었다. 분명히 지갑이라고 생각한 경우에도 안경집이었거나 전차표 두어 장 정도 들어 있는 비닐 지갑이어서 실망한 때도 여러 번이었던 것이다. 다시 그것을 더듬어 안경집도 아니고 빈 비닐 지갑도 아니라는 것을 확인하고야 꺼냈다. 지퍼를 열자 동전이 우르르 쏟아졌다. 동전이 마룻바닥에 떨어지는 소리가 요란스럽게, 끊임없이 울리고 있는 듯 생각되었다. 다시 다른 책상으로 옮겼다. 이마에는 진득한 땀이 만져졌다.

 서랍 속에서 나의 손은 거의 기대도 없이 허둥거리고 있었다. 아까의 지갑에 이미 만족해버려 그것에 몰두하고 있었다. 교실

전차(電車) 공중에 설치한 전선으로부터 전력을 공급받아 지상에 설치된 궤도 위를 다니는 차.
진득하다 1. 성질이나 행동이 몹시 끈덕지고 질기게 끈기가 있다. 2. 잘 끊어지지 아니할 정도로 눅진하고 차지다. 여기에서는 2의 의미로 쓰임.

은 완전히 어두워졌다. 잉크병과 그 밖의 잡다한 물건들로 채워진 가방이 한결 묵직했다. 거울 앞으로 다가갔다. 검게 번들거리는 거울 면에 나의 몸이 비쳐 있고 그 뒤로 가직하게 교실 전체가 담겨 있었다. 내 손이 한 번씩 거쳐 간 책상들은 완전히 먼저의 질서를 잃고 있었다. 나는 꽤 오래 거울 속의 교실을 들여다보고 있었다. 창문이 몹시 덜컹거렸다. 거울 앞을 떠나 복도로 나왔다.

인조 대리석의 복도는 구석방에서 새어 나오는 불빛으로 번들거렸다. 하늘이 새까맣다. 불빛에 검게 아른거리는 복도는 먼지 한 알 없이 청결해 보여서 위축감을 느꼈다. 무거운 가방을 멀찌감치 동댕이치고 그 위에서 뒹굴고 싶다는 생각을 했다. 뻣뻣한 스커트를 허리께까지 훌쩍 걷어 올리고 그대로 선 채 오줌을 누고 싶다는 충동을 느꼈다. 침을 뱉었다. 입 안에서는 끈적한 타액이 자꾸 괴고 있었다. 나는 그것을 자꾸 뱉어 냈다. 타액이 인조 대리석에 달라붙는 소리가 묘하게도 일정하다. 가득한 침이 마르자 입에서는 냄새가 나는 듯했다. 며칠이고 양치질을 안 한 채 낮잠을 자고 난 여름날 문득 느끼는 냄새였다. 이어서 귀에서도 소리가 나고 있었다. 그 소리는 목줄을 타고 올라가서

가직하다 거리가 조금 가깝다.
인조 대리석(人造大理石) 굵은 콩알만큼씩 잘게 부순 대리석 조각에 시멘트, 칠감, 물을 섞어 반죽하여 굳혀 만든 돌. 건축물의 바닥이나 기둥의 재료로 쓴다.
위축감(萎縮感) 어떤 힘에 눌려 줄어들고 기를 펴지 못하는 느낌.
타액(唾液) 침.

지잉지잉 울리고 나는 자꾸 오른쪽 귀가 비대해져 감을 느끼지 않을 수 없었다. 확대된 귀에 유리창이 덜컹거리는 소리는, 콘크리트 교사 전체가 술렁술렁 흔들리고 마침내는 우릉우릉 울부짖고 있는 듯 들렸다. 나는 한 손으로 오른쪽 귀를 감싸 쥐고 입을 벌려 숨을 내쉬며 가만히 서 있었다. 숨이 가빠 왔다. 하나 입을 다물 수가 없었다. 구역질이 날 듯해서 입 안의 냄새를 도저히 들여마실 수가 없었기 때문이다.

거리는 비에 젖어 흐득흐득 흐느끼고 있었다. 불빛이 환한 완구점 진열장에는 빨간 플라스틱 오뚝이들이 밖을 향해 서 있었다. 그리고 휠체어에 앉은 여인은 말끔히 씻긴 듯한 표정으로 빗물이 뿌려지는 거리를 내다보고 있었다. 햇빛이 밝은 날, 그녀의 모습은 괴괴한 느낌을 주곤 하지만 지금의 그녀는 청결감마저 풍기고 있었다. 갖가지 장난감들이 빈틈없이 채워진 가게 안에서 여인은 한 개의 커다란 인형처럼 보이기도 한다. 여인은 언제부터인가 입기 시작한 앞이 막힌 잿빛 스웨터를 입었고 그녀의 아주 빈약한 가슴이 나타나는 부분에는 모슬렘 여인이 새

비대해지다(肥大---) 몸에 살이 쪄서 크고 뚱뚱해지다.
교사(校舍) 학교의 건물.
흐득흐득 숨이 막힐 정도로 자꾸 심하게 흐느끼는 모양.
완구점(玩具店) 완구, 즉 장난감을 파는 곳.
괴괴하다(怪怪--) 이상야릇하다.
모슬렘(Moslem) 이슬람교를 믿는 사람. 또는 그 무리.

겨진 펜던트를 정물처럼 붙이고 있었다.

  내가 가방으로 유리문을 밀치고 들어서면 여인은, 무얼 찾으세요, 라고 물을 것이다. 내가 이곳을 찾기 시작한 때부터 지금까지 한 번도 어김없이 빨간 플라스틱 오뚝이를 사 갔다는 걸 알면서도. 아니, 그녀는 전혀 기억하지 못할 것이다. 레인코트를 입은 남자와 여자가 유리문을 밀치고 들어섰다. 여인은 그림자처럼 소리 없이 물러났다. 나는 그 남자와 여자에 대해서 심한 질투를 느꼈다. 여인이 빙긋이 웃었다. 그럴 때의 그녀는 열일곱 살이나 열여덟 살에서 이십 년쯤 거르고 갑자기 마흔 살이 되어 버린 듯한 얼굴이 된다. 여인이 갖는 표정과 몸짓 하나하나는 나에게 이미 친숙한 것이었고 말할 수 없이 그리운 것이기도 했다. 지나가는 사람들의 몸이 부딪쳐 왔다. 그들은 완구점 진열장 유리에 매달려 안을 들여다보는 나를 흘끔거리며 지나갔다. 나는 완구점 앞을 떠났다. 전류처럼 온몸을 돌고 있는 질투와, 다시 스멀스멀 열려 오는 관능에의 혐오를 견디기 어려웠기 때문이다. 비로소 목덜미에 와 닿는 빗방울을 의식했다. 조그만 사내애가 우산을 사라고 외친다. 노란색을 골라 들었다.

펜던트(pendant) 가운데에 보석으로 된 장식을 달아 가슴에 늘어뜨리게 된 목걸이.
정물(靜物) 정지하여 움직이지 않는, 나무와 돌 따위와 같이 감각이 없는 것.
레인코트(raincoat) 비옷.
스멀스멀 살갗에 벌레가 자꾸 기어가는 것처럼 근질근질한 느낌.
관능(官能) 육체적 쾌감, 특히 성적인 감각을 자극하는 작용.
혐오(嫌惡) 싫어하고 미워함.

비를 흠뻑 먹어 모포 자락처럼 툭툭해진 스커트가 종아리를 스칠 적마다 닿는 부분이 쓰라렸다. 건너편의 약방을 발견하자 종아리가 참을 수 없이 아팠다. 어디에건 다리의 통증을 호소하고 싶다. 약방으로 들어가서 반창고를 샀다. 높다란 빌딩 아래 비가 들이치지 않는 곳에서 스커트를 걷어 올리고 넓적한 반창고를 종아리에 붙였다. 가뿐해지는 기분이었다. 이대로 무거워진 몸에 반창고를 더덕더덕 붙이고 싶다. 그래서 몸의 마디마디에 가래처럼 걸쩍하게 괸 혐오를 털어 버리고 싶다. 완구점의 여인이 보고 싶다. 내가 찾아갔던 그녀의 방, 자잘한 꽃무늬가 찍힌 커튼과 창백한 불빛과 무엇보다도 여윈 그녀가 보고 싶다. 그러나 나는 그녀를 찾아갈 수 없다. 그날 밤 어둠 속에서 감각한 그녀의 체온과 뭉텅 잘린 두 다리와 또 나의 행위는 한갓 춘화처럼 생생하게 남아 있었다.

  그날 나는 아주 우연히 어머니를 보았다. 어머니는 장바구니를 들고 길가 양장점 쇼윈도를 기웃거리면서 걷고 있었다. 어머니를 처음 보았을 때 나는 그저 어리둥절한 기분이었다. 그러나 곧 따라 걷기 시작했다. 어머니는 걸음이 무척 느렸다. 내가 등 뒤에 바짝 따라 걷고 있어도 전혀 모르는 기색이었다. 나는 걸

툭툭하다 피륙 따위가 꽤 두껍다.
걸쩍하다 걸쭉하다. 액체가 묽지 않고, 내용물이 많으며 진하다.
감각하다(感覺--) 눈, 코, 귀, 혀, 살갗을 통하여 바깥의 어떤 자극을 알아차리다.
춘화(春畵) 춘화도(春畵圖). 남녀 간의 성교하는 모습을 그린 그림.

음을 멈추었다. 곧 어머니와는 거리가 생겼다. 다시 바짝 붙어 섰다. 그래도 어머니는 모르고 있었다. 나는 어머니와의 넓혀졌다 좁혀졌다 하는 거리에 재미를 느꼈다. 길을 건넜다. 그리고 길 맞은편에서 어머니를 따라 걸었다. 어머니는 아이를 낳을 때가 가까운 모양이었다. 배가 한껏 부풀어 있었다. 눈 가장자리에 안경을 낀 듯 시커멓게 기미가 덮여 있었다.

그것은 낯익은 모습이었다. 어머니는 내가 어릴 적 가정부에서부터 나의 어머니의 위치로 변한 후 끊임없이 아이를 낳고 있었던 것이다. 어머니는 그렇게 천천히 걷고 있으면서도 가끔 우두커니 서서 쉬다가 다시 걷곤 했다. 어머니가 그녀의 여섯 살짜리 계집아이를 끌고 집을 나간 지 몇 해가 되었을까, 삼 년인지 사 년인지 기억이 아리송했다. 그건 아무래도 좋았다. 여전히 어머니는 아이 낳기를 계속하고 있는 모양이다. 어머니가 우뚝 섰다. 어머니의 머리 위에는 아르바이트 홀의 간판이 크게 붙어 있었다. 어머니는 마침내 치맛자락을 감싸 쥐고 화살표가 그려진 골목 안으로 들어갔다. 나는 급히 길을 건넜다. 어머니는 보이지 않았다. 골목을 두어 번 더 꺾고서야 아르바이트 홀

기미 얼굴에 끼는 거뭇한 얼룩점.
✤ 내가 어릴 적 가정부에서부터 나의 어머니의 위치로 변한 후 어린 시절 '나'의 집 가정부였던 여자가 아버지와 재혼하여 '나'의 어머니가 된 후.
아르바이트 홀(Arbeit Hall) 말 그대로 하면 '일하는 방'이지만, 실제로는 1960년대에 사람들이 모여 춤을 추던 곳, 즉 '댄스홀'이다. 이른바 '제비족'들이 유부녀들의 돈을 뜯어내는 탈선 장소로 이용되며 사회 문제가 되기도 했다.

이 나타났다. 금방 만화 속에서 뛰어나온 듯한 차림새의 소년이 입구를 가로막아 서서 학생은 못 들어간다는 걸 모르고 있느냐고 말했다. 급히 찾을 사람이 있어요, 라고 나는 대꾸했다. 그러자 나는 정말 어머니를 찾아내서 꼭 전해야 할 말이 있는 것처럼 생각되었다. 소년은 난처한˚ 듯 두 손을 벌리며 어깨를 으쓱했다. 좋습니다. 그러한 그의 몸짓은 차림새만큼이나 어울리지 않아 보였다. 홀 안은 무척 어두웠다. 아직 시간이 이른지, 넓은 홀 안에는 선풍기 돌아가는 소리가 요란스럽고 간간이 수군거리는 음성들이 들렸다. 차츰 어둠이 눈에 익자 어머니는 이내 찾아낼 수 있었다. 어머니는 어느새 선글라스를 쓰고 있었다. 천장에 매달린 대형 선풍기는 시익시익 바람 소리를 그치지 않고 그 바람은 어머니의 머리카락을 날렸다. 짧은 머리칼들이 곤두서고 검은 안경을 쓴 어머니는 곡마단˚의 한 멤버처럼 보였다. 차츰 사람들이 들어찼다. 선풍기 바람이 후텁지근하게 느껴졌다. 남자들은 남자들끼리, 여자들은 여자들끼리 한군데로 몰렸다. 밴드가 연주를 시작했다. 꾸물꾸물 사람들이 움직이기 시작하고 남자들은 여자들의 자리로 와서 손을 내밀었다. 무대 중앙에서 뚱뚱한 여자가 낮은 음성으로 노래를 부르고 있었다. 나는 어머니를 보았다. 어머니는 아직 자리에 남아 있는 다른

난처하다(難處 --) 이럴 수도 없고 저럴 수도 없어 처신하기 곤란하다.
곡마단(曲馬團) 관객들에게 돈을 받고, 길들인 말을 타고 부리는 재주라든가 기묘한 솜씨, 요술 등을 공연하는 단체.

여자들처럼 초조해 보였다. 춤을 추는 사람들에게로 고개를 돌리고 어깨로 가쁘게 숨을 쉬었다. 배가 부른 것이 완연히 눈에 띄었다. 나는 어머니에게 연민을 느꼈다. 빨간 잠옷을 입고 아침마다 변소에서 한 시간쯤 보내던 여자, 나에게 냉혹하리만큼 무관심을 가장하던 여자와는 전혀 이질적으로 느껴지고 있었다. 가수는 여전히 마이크를 쥐고 흐느끼듯 노래를 계속하고 있었다. 사람들은 흐느적흐느적 돌아갔다. 조명이 붉게 푸르게 자주 바뀌었다.

나는 꽤 오래전에 어머니와 어머니의 아이들을 죽이기 위해 칼을 간다든가, 집에 불을 지른다거나 하는 종류의 꿈을 매일 밤 꾸던 생각을 했다. 나를 항상 공포와 죄의식 속에 몰아넣는 어머니의 은밀한 눈짓에 견딜 수가 없었기 때문에 밤마다 나는 어머니를 죽이는 꿈을 꾸었던 것 같다. 마침내 가수가 마이크 앞을 떠나고 한 곡이 끝났다. 춤을 추던 남자와 여자들은 허리를 굽히고 헤어져서 자리로 돌아갔다. 손바닥에 밴 땀을 그대로 선 채 선풍기에 들이대고 말리기도 했다. 다시 음악이 시작되었다. 나는 초조해졌다. 어머니는 춤을 한 번도 못 추어 보고 돌아

완연히(宛然-) 눈에 보이는 것처럼 아주 뚜렷하게.
연민(憐憫/憐愍) 불쌍하고 가련하게 여김.
냉혹하다(冷酷--) 성질이나 하는 짓이 몹시 차갑고 모질다.
가장하다(假裝--) 태도를 거짓으로 꾸미다.
이질적(異質的) 성질이 다른. 또는 그런 것.
은밀하다(隱密--) 숨어 있어서 겉으로 드러나지 아니하다.

가게 될지도 모른다. 그러나 어머니는 남자와 함께 홀 중앙으로 걸어 들어가고 있었다. 남자는 어머니의 등에 손을 돌려 대고 있었다. 어머니의 빳빳한 나일론 치마가 바람에 날렸다. 밴드는 '푸른 다뉴브 강'을 연주하고 어머니는 이내 헐떡거리기 시작했다. 어머니를 거북스럽게 부둥켜안고 있는 남자는 잘못 짚었군, 하는 투의 후회를 할 것이다. 아기의 태동이 남자에게 전달될지도 모른다. 그러면 남자는 흠칫 놀랄 것이다. 어서 곡이 끝나기를, 그리하여 이 배가 부르고 검은 안경을 쓴 여자에게서 놓여나기를 안타깝게 기다리고 있을 것이다.

나는 울고 싶어졌다. 어머니가 빙글빙글 돌아갈 때마다 훨씬 들려진 나일론 치마 밑으로 버선이 장화처럼 드러나 보였다. 나는 뛰어 들어가 정신없이 돌아가는 어머니와 거북스럽게 껴안고 있는 남자와의 사이를 떼어 놓고 어머니를 끌고 나와 소리를 지르며 울고 싶었다. 나의 몸속에서 핏줄처럼 돌고 있는, 때로는 나를 버티는 힘이 되어 주기도 하던 어머니를 향한 증오가 끈적끈적하게 풀림을 느꼈다. 몸도 느실느실 맥이 풀렸다. 홀이 파하자 어머니는 무거운 몸을 일으켜 바삐 사라졌다. 나는 완구

푸른 다뉴브 강 오스트리아 작곡가 요한 슈트라우스 2세의 대표적인 왈츠로, 원 제목은 '아름답고 푸른 다뉴브 강'이다.
    왈츠(waltz) 3박자의 경쾌한 춤곡. 또는 그에 맞추어 남녀가 한 쌍이 되어 원을 그리며 추는 춤.
투(套) 말이나 글, 행동 따위에서 버릇처럼 일정하게 굳어진 본새나 방식.
태동(胎動) 모태 안에서의 태아의 움직임.
느실느실 축 늘어져 자꾸 너울너울 움직이는 모양.
파하다(罷--) 어떤 일을 마치거나 그만두다.

점을 찾아갔다. 그때까지 불을 환하게 밝히고 거리를 내다보던 여인은 나를 잠자코 맞아 주었다. 밤늦게 찾아온 나를 보고도 조그만 표정의 흔들림도 없는 여인에게 나는 당황해졌다. 날, 아시지요? 목소리가 높아졌다. 여인이 뵐 듯 말 듯 입가에 웃음을 띠었다. 그러나 여인의 표정은 나를 알 것도 같고 모를 것도 같다는 애매한 것이었다. 시간이 너무 늦어서 집까지 갈 수가 없다고, 이곳에서 재워 줄 수 없겠느냐고 말했다. 여인이 비로소 빙긋이 웃었다. 나는 마음이 놓였다. 뭘, 좀 먹겠어요? 라고 여인이 물었다. 나는 고개를 저었다. 빨리 쉬고 싶을 뿐이었다. 여인이 계집아이를 불러서 가게를 닫으라고 이르고 휠체어의 바퀴를 굴리면서 안으로 들어갔다. 여인은 마치 나를 맞기 위해 텅 빈 거리에 불을 요란스레 밝혀 놓고 있었으리라는 생각이 문득 들었다. 도와줘요, 여인이 나에게 손을 내밀었다. 나는 여인이 휠체어에서 내리는 것을, 다시 자리에 눕는 것을 도와주었다. 그리고 여인이 시키는 대로 그녀의 곁에 나란히 누웠다. 여인이 갑자기 내 쪽으로 돌아누웠다. 그리고 자기의 손을 나의 목에 돌렸다. 어느새 여인과 나는 서로를 부둥켜안은 채 팔의 힘을 바짝바짝 조이고 있었다.

그리곤 누가 먼저랄 것도 없이 입술을 맞대었다. 차지도 덥지도 않은, 그저 미적지근한 감촉이었다. 여인이 몹시 허덕거렸다. 나의 목을 끌어안으며 중얼거렸다. 아기를 낳은 적도 있어, 돈을 많이 벌어서 층계가 없는 집을 짓고 사는 게 소원이었는데, 그러나 나는 움직이지 않는 것들 틈에서 살아, 스스로 움직이는 건 아무것도 없어. 여인은 자꾸 내게 밀착되어 왔다.

나는 어둠 속에서 이불이 버석거리는 소리와 내 몸속에서 물살처럼 화안히 열리는 관능의 움직임을 듣고 있었다.

여인과 나는 서로의 가슴을 밀착시켜서 팔닥거리는 심장의 고동을 또렷이 느꼈다. 여인은 아주 성숙한 자세로 나의 팔 가득히 안겨 있었다.

내가 눈을 떴을 때, 방 안은 아직 어둡고 새벽 종소리가 들렸다. 나는 종소리를 혜었다. 열 번째 종소리가 들릴 때 일어나리라. 그러나 나는 열 번째의 종소리가 들릴 때 일어나는 대신 손바닥으로 얼굴을 가렸다. 여인도 깨어 있을 것이다. 등을 대고 누운 여인은 조금도 움직이지 않았다. 숨소리도 전혀 없었다. 나는 손바닥 안에서 눈을 감아버렸다. 종소리가 여전히 들렸다. 허물처럼 내던져진 속옷을 보는 것이 부끄러웠다.

날이 훨씬 밝았을 때야 나는 하는 수 없이 일어났다. 주섬주섬 옷을 입으며 나는 심한 수치를 느꼈다. 흐트러진 머리칼을 손가락으로 쓸며 방문을 나설 때 여인은 비로소 나를 바라보았다. 여인의 얼굴은 말라붙은 눈물 자국으로 번들거렸다. 그 후 나는 여인을 찾아간 적이 없었다. 그러나 여인이 접하고 있는

밀착되다(密着--) 빈틈없이 단단히 붙다.
고동(鼓動) 피의 순환을 위하여 뛰는 심장의 운동.
혜다 '세다'의 사투리.

모든 것에 질투를 느끼고 있었다. 나는 그녀를 찾아갈 수가 없었다. 그날 밤의 모든 행위가 저주처럼 생생히 요약한 빛을 뿜고 있었기 때문이다. 매일 밤, 완구점의 유리를 통해 여인을 보는 것이 고작이었고 때때로 나는 여인의 꿈을 꾸었다. 발가벗은 그녀를 팔 가득히 안고 있는 꿈이었다. 그러나 깨고 난 다음 다시금 고개 드는 관능과 혐오는 견디기 어려운 것이었다.

똑같은 얼굴과 표정을 지닌 백 개의 오뚝이가 책상 위에 정돈되어 있다. 손으로 밀어 버려도 떼굴떼굴 구르다가는 다시 서 버린다. 나는 하나씩 짚어 가며 세어 본다. 틀림없이 백 개였다. 내가 여인을 찾아갔던 날 이후로 한 개도 더 늘어 있지 않았다. 나는 지금쯤도 휠체어에 앉아서 거리를 내다보고 있을 여인을 생각했다. 오뚝이를 하나씩 방바닥에 굴려 본다. 빨간 점들이 방 안 가득 뿌려진다. 백 개의 오뚝이들, 그들은 사랑스러운 나의 분신과도 같은 것이었다. 그들은 전혀 소외된 세계에서 나와 더불어 있었다. 하늘이 팽팽하게 부풀어 있었고 태양은 곧 쪼개질 듯 하얗게 빛나고 있던 날, 심한 현기증으로 비틀거리던 내가 무심코 들여다본 것이 오뚝이가 가득 찬 장난감 가게였다.

저주(詛呪/咀呪) 남에게 재앙이나 불행이 일어나도록 빌고 바람. 또는 그렇게 하여서 일어난 재앙이나 불행.
요악하다(妖惡--) 요사하고 간사하며 악독하다.
분신(分身) 하나의 주체에서 갈라져 나온 것.
소외되다(疏外--) 어떤 무리에서 혐오나 무관심 등으로 인하여 따돌림을 당하거나 배척되다.

그리고 가득 늘어선 오뚝이들 너머로 휠체어에 앉은 여인이 보였다. 인형처럼 앉아 있는 여인을 보고 나는 잠시 정신이 혼란해짐을 느꼈었다. 현기증 탓만도 아니었다. 햇빛이 쏟아지는 베란다와, 침침한 팔조 다다미˙방과, 역시 휠체어의 바퀴를 굴리고 있는 사내아이와 벽에 가득한 그림들이 필름처럼 스쳐갔다. 그러나 내가 다시 눈을 비비며 유리문을 밀었을 때 나는 가게 구석에 세워진 두 개의 목발과 여인을 보았고 가득 들어찬 울긋불긋한 장난감들이, 여인이 빚어내는 공기 속에서 괴괴하게 살아 있음을 보았다. 여인은 사십도 채 못 닿았을 나이에 얼굴에는 거뭇거뭇 검버섯˙이 피어 있었다. 나는 잠시 가게 문턱에 서 있었다. 여인이 무얼 찾느냐고 물었다. 나는 오뚝이를 가리켰다. 특별히 오뚝이를 사려고 작정했던 것은 아니었다. 다만 진열대를 가득 채운 오뚝이에 시선이 머문 때문이었다. 여인이 순이야, 순이야, 라고 안에 대고 소리쳤다. 나는 급히 뛰어나온 계집애에게서 빨간 플라스틱 오뚝이를 받아들었다. 그날 밤, 나는 죽은 동생의 꿈을 꾸었고 그 후 밤마다 완구점에 들러 오뚝이들을 사 모았다. 그것은 마치 춥고 황량한˙ 나의 내부에 한 개씩

팔조 다다미〔八組疊〕 '다다미'란 '마루방에 까는 일본식 돗자리'를 뜻하는 일본어이다. 속에 짚을 5cm 가량의 두께로 넣고, 위에 돗자리를 씌워 꿰맨 것으로, 보통 너비 90cm에 길이 180cm 정도의 직사각형 모양으로 만든다. '팔조'는 이런 다다미 여덟 장을 뜻하므로, '팔조 다다미'란 다다미 여덟 장이 깔린 널찍한 방을 의미한다.
검버섯 주로 노인의 살갗에 생기는 거무스름한 얼룩.
황량하다(荒凉--) 황폐하여 거칠고 쓸쓸하다.

한 개씩 차례로 등불을 밝히는 작업과도 같은 의미를 가지고 있었다. 때때로 나는 나의 속에서 끊임없이 지어지는 고치를 딱딱하게 감각했다. 그것들은 혹처럼 무겁게 가슴속에 자리하고 있었으나, 동그란 오뚝이를 손에 쥘 때 오뚝이의 빨간 막과 그 껍질이 부딪치는 소리를 느낄 수 있었다. 두 다리를 못 쓰는 여인과 갖가지 장난감들이 빚어내는 괴괴한 흔들림 속에서 위축되기 쉬운 나의 감정들은 위안을 받는 것이다. 여인은 나에게 모든 것을 생각나게 해 주었다. 우리가 세 들어 살고 있던 일본식 집 이층을, 휠체어에서 살고 있던 동생을, 가슴이 두껍고 목소리가 걸실걸실하던 가정부를, 아니 나의 어머니를 생각나게 했다. 햇빛이 별나게도 잘 드는 베란다 말고는 멋없이 크기만 한 다다미방들은 어둡고 침침했다. 냄새가 나는 오시이레와 군데군데 음이 나지 않는 피아노가 유일한 나의 놀이터였고 또 방의 가구였다. 상아를 입힌 건반이 노랗게 찌든 낡은 피아노가 언제부터 우리의 것이었는지는 모른다. 까만 칠이 이미 벗겨져 버린 커다란 피아노는 벽의 돌출된 부분으로 버티고 있을 뿐이었다. 소아마비를 앓아 하루의 대부분을 휠체어에서 보내는 동생은

고치 벌레가 실을 내어 지은 집. 활동 정지 상태에 있는 곤충의 알, 애벌레, 번데기를 보호한다.
걸실걸실하다 성질이 너그러워 말과 행동이 시원스럽다.
오시이레〔押し入れ〕 '붙박이 벽장'을 뜻하는 일본어.
상아(象牙) 코끼리의 엄니. 위턱에 나서 입 밖으로 뿔처럼 길게 뻗어 있다. 맑고 연한 노란색이며 단단해서 갈면 갈수록 윤이 난다. 악기, 도장, 물부리 따위의 공예품을 만드는 데 쓴다.
돌출(突出) 쑥 내밀거나 불거져 있음.

손이 닿는 높이의 흰 벽에 종일 그림을 그렸다. 이층에서 보이는 전도관˙ 흰 건물의 종각˙과 머리를 곱슬곱슬 지져 붙인 가정부 등, 눈에 보이는 모든 것은 그의 손으로 벽화가 되었다. 더 그릴 것이 없자 동생은 옷을 벗고 자기의 몸 부분 부분을 세밀히 그렸다. 동생은 나의 옷도 벗을 것을 강요했다. 그래서 벽에는 각각 다른 형태의 남자와 여자가 가장 순수한 상태로 그려졌다. 오래지 않아 벽은 모두 띠를 두른 듯 일정한 높이의 그림으로 가득 차 버렸다. 가정부는 그것을 보고 킬킬거렸다. 투박한˙ 손바닥으로 쓸어 보기도 했다. 동생은 그녀에게 마구 떼를 썼다. 아줌마도 그릴 테야 아줌마도 벗어. 가정부는 흉물스럽게˙ 웃으며 동생의 머리를 툭툭 건드렸다. 그날 하루 종일 동생은 아줌마도 그리겠다고, 아줌마도 벗으라고 울었다. 그러던 동생이 어느 날 갑자기 죽어 버렸다. 학교에서 돌아온 내가 막 이층 계단을 밟았을 때, 이층에서 기다리던 동생은 그림이 잔뜩 그려진 도화지를 쳐들며 큰 소리로 나를 불렀다.

　누나야, 누나야. 곧 나는 휠체어의 바퀴를 움켜쥔 채 계단을 굴러 떨어지는 동생을 보았다. 그리고 여러 곳에서 울리는 날카

전도관(傳道館) 천부교(天父敎). 천부교는 평안남도 덕천 출신으로 본래 개신교의 장로였던 박태선이 1955년에 창시한 기독교계 신흥 종교이다. 초기에는 '한국 예수교 전도관 부흥협회(약칭 전도관)'라는 명칭을 사용하였으며, 1980년 '한국 천부 교회'로 개칭하였다. 천부교 회당의 종탑에는 십자가 대신 비둘기 상이 있다.
종각(鐘閣) 큰 종을 달아 두기 위하여 지은 누각.
투박하다 생김새가 볼품없이 둔하고 튼튼하기만 하다.
흉물스럽다(凶物---) 성질이 음흉한 데가 있다.

로운 비명을 들었다. 시멘트 바닥에 던져진 동생의 머리는 피투성이였고 얼굴은 송장처럼 부풀어 올랐다.

  부서진 휠체어 조각이 흐트러져 있었다. 나는 동생의 손에 움켜쥔 도화지를 빼냈다. 한 귀퉁이가 찢어졌다. 숨이 꺽꺽 막혔다. 사람들이 달려와 동생을 안고 갈 때까지도 나는 부서진 휠체어를 보듬으며 도화지를 들여다보고 있었다. 붉은 크레용으로 꽃이 그려져 있었다. 맨드라미인 듯도 했다. 동생이 꽃을 그린 것을 보는 건 처음이었다. 우리가 살고 있는 이층에서는 꽃을 볼 수가 없었기 때문이다. 뒷면에는 벌거벗은 여자가 그려져 있었다. 나에게는 그 여자가 가정부라고 생각되었다. 조금도 닮아 있진 않았으나 머리를 곱슬곱슬하게 지져 붙이고 또 엄청나게 커다란 젖을 가지고 있는 사람은 우리 식구 중에 그녀밖에는 없었기 때문이다.

  그 후로 가정부와 나만의 단조로운 날들이 시작되었다. 그러나 항상 동생이 그린, 벽에 가득한 그림들에서는 낮달처럼 창백한 그 애의 환상이 넘실거렸고 그림들을 보면서 나는 가슴이 무너지는 듯한 슬픔을 느꼈다. 동생이 죽자 언제나 우리와는 떨어져 살던 아버지가 돌아왔다. 그리고 꽤 오랫동안 나와 함께 이층

송장 죽은 사람의 몸을 이르는 말.
보듬다 사람이나 동물을 가슴에 붙도록 안다.
단조롭다(單調--) 단순하고 변화가 없어 새로운 느낌이 없다.
낮달 낮에 보이는 달.
환상(幻像) 환영(幻影). 눈앞에 없는 것이 있는 것처럼 보이는 것.

셋집에 머물러 있었다. 아버지는 머물러 있는 동안 언제나 다정했다.

저녁마다 배들이 늘비한 부두로 데리고 나갔고, 바다낚시에 한몫 끼워 주었다. 때문에 언제나 저녁 찬은 석유 내 나는 망둥이 조림이었다. 그러나 어느 날 아침 잠자리에서 깨어났을 때 모든 것은 변해 있었다. 가정부가 아버지의 방에서 부스스한 머리를 매만지며 나오고 학교 갈 시간이 되어도 그녀는 머리를 빗겨 주지도 밥을 주지도 않았다.

나는 머리를 까치둥지처럼 헝클린 채 눈물을 좍좍 쏟으며 학교에 갔다. 죽은 동생 생각이 났다. 아버지는 그날 밤 우리가 살던 이층을 떠났다.

그러나 사태는 소리 없이 변해 가고 있었다. 아버진 더욱 빈번히 집에 돌아왔고 그때마다 가정부는 잠자리를 아버지 방으로 옮겼다. 그녀는 서서히 나의 어머니의 위치로 변해 갔다. 그녀는 적어도 내가 생각하기에는 쉴 새 없이 아이를 낳았다. 아이들이 우는 소리가 그치지 않고 단조로운 집 안 공기를 흔들어 놓았다. 집 안 어디서나 걱실걱실한 그녀의 음성이 들려왔고 아이들은 돌이 지나 아우를 볼 때쯤이면 설사를 하다 죽기도 했다. 무턱대고 나에게 잘해 주기만 하던, 그래서 촌스러운 모양

늘비하다 질서 없이 여기저기 많이 늘어서 있거나 놓여 있다.
부두(埠頭) 배를 대어 사람과 짐이 뭍으로 오르내릴 수 있도록 만들어 놓은 곳.
사태(事態) 일이 되어 가는 형편이나 상황. 또는 벌어진 일의 상태.

으로 자모회에도 참석하던 그녀는 점차 냉혹해져 갔다. 연필과 공책이 필요하다고 해도 그녀는 내가 군것질이나 하고 다니는 것 같은 얼굴로 질책을 했다. 나는 때때로 동무들의 연필이나 크레용을 몰래 집어 왔다. 아이들은 나와 함께 앉기를 싫어했고 선생님은 아무 말 없이 내 가방을 거꾸로 들고 샅샅이 털어 보곤 했다. 나는 분필 토막을 주머니에 넣고 변소에 들어가, 선생님 나쁜 년, 엄마 나쁜 년, 이라고 오래오래 낙서를 했다.

  나는 자꾸 딱딱한 껍질 속으로 위축되어 갔고, 그럴수록 어머니에 대한 증오는 맹렬히 커져 갔다. 죽은 동생은 더욱 생생히 기억 속에 살아 있었다. 어머니는 동생이 그린 그림을 모조리 지워 버렸다. 내가 동생을 느낄 수 있는, 끝없는 애정으로 대하던 그림들이 하나씩 지워질 때 나는 물걸레를 손에 든 어머니에게 매달렸다. 어머니는 나를 밀치며 무관심하게 대꾸했다. 그 애는 너 때문에 죽은 거야, 그날 네가 학교에서 조금만 일찍 왔거나 늦게 와도 잘 놀던 애가 죽었겠니? 어머니와 나는 무섭게 냉담해져 갔다. 그러나 내 속에 자리 잡은 끈질긴 증오와 대결 의식과 피해 의식은 온 신경을 팽팽히 긴장시키고, 그녀에게 향

자모회(姉母會) 학생의 어머니나 누이들로 이루어진 모임. 또는 그 회의. 최근에는 어머니들의 모임을 주로 가리킨다.
질책(叱責) 꾸짖어 나무람.
맹렬히(猛烈-) 기세가 몹시 사납고 세찬 정도로.
냉담하다(冷淡--) 1. 태도나 마음씨가 동정심 없이 차갑다. 2. 어떤 대상에 흥미나 관심을 보이지 않는 데가 있다.

하는 중오는 생활의 유일한 원동력인 것처럼 생각되기도 했다.

나는 여인에게 편지를 썼다. 어제도 나는 당신의 꿈을 꾸었습니다. 매일 밤 나는 발가벗은 당신의 꿈을 꿉니다. 그리고 부끄러움을 견디지 못해 괴로워합니다. 언젠가 당신을 찾아갔던 날, 기억하시는지요? 그렇다면 잊어 주십시오, 잊어 주십시오, 그래서 다시금 당신의 세계에 나를 맞아 주십시오. 소리를 내서 읽어 보았다. 다소 연극적이었으나 감동을 느꼈다.

완구점은 며칠째 내부 수리 중이라는 쪽지를 달고 문이 닫혀 있었다. 나는 거의 미칠 듯한 기분이었다. 여인을 만나는 것은 고사하고 매일 밤 유리문 밖에서 여인을 들여다보던 일도 허용되지 않는 것이다. 여인에게 쓴 편지는 손때가 까맣게 올랐고 접은 자리는 헤실헤실 보풀이 일고 있었다.

완구점이 있던 자리에 다방이 생겼다. 굳게 닫혀 있던 문이 열리고 축제처럼 흥청거렸다. 나는 다방으로 들어갔다. 화환들이 늘어선 문을 지나면 다시 불빛이 환한 완구점이 나타나고 가

원동력(原動力) 어떤 움직임의 근본이 되는 힘.
허용되다(許容--) 허락되어 너그럽게 받아들여지다.
헤실헤실 1. 어떤 물체가 단단하지 못하여 부스러지거나 헤지기 쉬운 모양. 2. 사람이 맺고 끊는 것이 확실하지 않아 싱겁고 실속이 없는 모양. 여기에서는 1의 의미로 쓰임.
보풀 종이나 헝겊 따위의 거죽에 부풀어 일어나는 몹시 가는 털.
화환(花環) 생화나 조화를 모아 고리같이 둥글게 만든 물건. 축하나 애도 따위를 표하는 데에 쓴다.

득한 장난감들과 여인이 나를 맞아 줄 듯했다. 그대를 사랑해, 그대를 사랑해. 스피커는 요란스럽게 울부짖었다. 어서 오세요, 카운터에서 손톱을 깎고 있던 여인이 화사하게 웃었다. 다방 안을 둘러보았다. 완구점의 모습은 찾아볼 수 없었다. 그러나 붉고 푸른 색등이 실내를 밝히고 있고, 열대어들이 끊임없이 물방울을 만드는 커다란 어항이 있고, 사랑을 하는 남자와 여자가 자리를 채우고 있어도 나는 항상 여인이 있던 자리를, 목발이 있던 자리를, 저마다 살아 있던 장난감들이 놓였던 자리를 또렷이 알 수 있었다. 다방을 나왔다. 스피커는 여전히 지잉지잉 울고 있다. 그대를 사랑해, 그대를 사랑해. 나는 여인을 생각했다.

지금쯤 휠체어의 바퀴를 굴리며 자기의 세계를 찾고 있을 여인과 그 뒤를 따라서 매끈한 장난감 자동차들은 달리고, 오뚝이들은 데굴데굴 구르며, 인형들은 두 다리로 꼿꼿이 따라 걷고 있으리라. 그들은 나에게서 손이 닿지 않는 이방으로 멀어져 있었다. 나는 잠시 해방감을 느꼈다. 그리고 끝없이 고독하게 느껴졌다. 나는 다시 딱딱한 껍질 속에서 죽은 동생의 환상과 어머니에 대한 증오와 단 첨가된 춘화와도 같은 여인과의 정사를 안고 달팽이처럼 한껏 움츠리며 살아갈 것이다. 여전히 나를 기다리고 있을 오뚝이들을 없애 버려야겠다고 생각했다. 그것은

화사하다(華奢--) 화려하게 곱다.
이방(異邦) 이국(異國). 인정, 풍속 따위가 전혀 다른 남의 나라.
해방감(解放感) 구속이나 억압, 부담 따위에서 벗어난 느낌.

나에게 있어서 상실*을 의미하는 것은 아니라고 생각했다. 그래서도 안 될 것이었다. 그러나 그런 생각 역시 나에게 아무런 위안도 주지 못했다. 다리가 맥없이* 후들거렸다. 하늘에는 별이 없었다. 가슴은 금방 버석버석 소리를 내며 부서져 버릴 듯 건조해져 있었다.

■ 「중앙일보」(1968. 1) ; 『불의 강』(문학과지성사, 1997)

상실(喪失) 1. 어떤 사람과 관계가 끊어지거나 헤어지게 됨. 2. 어떤 것이 아주 없어지거나 사라짐.
맥없이(脈--) 기운이 없이.

완구점 여인 　작품 해설

● 등장인물 들여다보기

나

가족 관계가 깨진 뒤, 그것을 대신할 수 있는 관계를 열망하여 어느 완구점 여인에게서 그것을 찾고자 하지만 뜻을 이루지 못하고 홀로 남겨지는 소녀입니다. 현재 나이를 정확히 알 수 없으나 여고생 정도로 추측되지요. 장애인이던 남동생이 죽고 가정부였던 여자가 어머니(계모)가 된 뒤 가족으로부터 제대로 보살핌을 받지 못한 아픈 과거를 지니고 있습니다.

어느 날, '나'는 휠체어를 타고 있는 완구점 주인 여자를 보고는 소아마비를 앓아 하루의 대부분을 휠체어에서 보냈던, 불의의 사고로 죽어 버린 남동생을 떠올립니다. 또한 가정부였으나 동생이 죽은 후 어머니가 된, '나'에게 냉담하고 모질었던 계모를 떠올립니다. 그리고 그날부터 매일 완구점에 가서 오뚝이 인형을 사 모읍니다. 그렇게 사 모으던 오뚝이 인형이 백 개가 되던 날, '나'는 몇 년 전 집을 나간 어머니를 거리에서 우연히 발견하고는 그녀에 대한 증오심과 연민을 함께 느끼며 괴로워합니다. 그리고 그날 밤 완구점 여인을 찾아가 함께 밤을 보내는데, 그녀와 동성애적인 관계를 가졌던 것이 수치스러워 그 뒤로는 그녀를 차마 찾아가지 못합니다. 그러나 여전히 그녀와의 관계를 열망하여 애를 태우지요. 그러던 어느 날 '나'는 완구점 자리에 다방이 들어선 것을 발견합니다. 그녀는 떠났고, '나'는 다시 홀로 남겨진 것이지요. '나'는 그동안 완구점 여인에게서 사 모은 오뚝이들을 없애 버리겠다고 생각하며 홀로서기를 결심합니다.

완구점 여인

따뜻하고 진정한 인간관계를 열망하는 '나'가, 그러한 관계를 맺고자 하는 대상입니다. 중년의 여인으로, 아이를 낳은 적도 있다고 하지만, 지금은 완구점을 운영하며 홀로 살고 있습니다. 두 다리가 없어 휠체어를 타고 있는 여인의 모습은, '나'로 하여금 어릴 적에 사고로 죽은 동생과 어머니를 떠올리게 합니다. 그러나 여인은 '나'가 관계 맺기를 시도하자 '나'와 동성애적인 행위를 하여 '나'에게 수치심을 불러일으킵니다. 또 '나'가 완구점을 찾아가지 않는 동안 가게를 정리하고 떠나 '나'를 다시 홀로 남겨지게 만듭니다. 이러한 여인은 진정한 인간관계를 맺고자 하던 '나'가, 홀로서기를 하겠다고 마음먹는 데에 가장 큰 계기가 된 인물이라 할 수 있지요.

어머니

'나'가 가족으로부터 소외되도록 만드는 데 가장 큰 역할을 한 인물입니다. 가정부였을 때에는 '나'에게 잘 대해 주다가, 남동생이 죽고 '나'의 계모가 된 후에는 '나'에게 냉혹하게 대하며 남동생의 죽음을 '나'의 탓으로 돌리는 등 '나'에게 마음의 고통과 고독감을 안겨 줍니다. 3, 4년 전 쯤에, 아버지와의 사이에서 낳은 것으로 짐작되는 딸아이를 데리고 집을 나갔으나, 얼마 전 임신한 몸으로 댄스홀을 찾는 모습이 '나'에게 발견됩니다. '나'는 그녀에게 깊은 증오심을 갖고 있으나, 그녀가 임신한 몸으로 남자를 찾는 모습에 연민을 느끼기도 하지요. 그런 그녀의 모습에 자극을 받은 '나'는 오랫동안 꿈꾸어 오던 완구점 여인과의 관계 맺기를 시도하게 됩니다.

동생

'나'의 동생으로, 소아마비를 앓아 휠체어에 앉은 채 늘 집 안에서 생활하면서 그림 그리기를 유일한 취미로 갖고 있는 남자아이입니다. 생모(生母)는 없고 아버지도 집에 거의 들어오지 않기 때문에, '나'에게 가장 가까운 존재라고 할 수 있지요. 어느 날 학교에서 돌아오는 '나'에게 자기가 그린 그림을 자랑하러 급하게 오다가 휠체어에 앉은 채로 이층 계단에서 굴러 떨어져 죽고 맙니다. '나'에게 깊은 죄책감과 상실감을 갖게 하는 인물이지요.

아버지

어머니도 없는 남매를 가정부에게만 맡기고, 집에는 거의 들어오지 않은 채 늘 바깥 생활만 합니다. 그러다 남동생이 죽은 후 집에 들어와 한동안 '나'와 더불어 단란하게 지내지만, 가정부였던 여성과 부부 관계를 맺은 후 다시 '나'와 멀어집니다. '나'가 가족으로부터 소외되도록 만드는 데 주요한 역할을 한 인물입니다.

● 작품 Q&A

"선생님, 궁금해요!"

Q 이 작품의 시간적, 공간적 배경이 궁금해요.

A 이 작품에 시간적 배경을 짐작할 수 있을 만한 단서는 거의 제시되어 있지 않습니다. 이럴 경우에는 작품 발표 당시를 작품의 시간적 배경으로 간주하면 되지요. 이 작품은 1968년에 발표되었으니, 작품의 시간적 배경은 1960년대 중반쯤이 될 겁니다. 물론 작품 내의 과거는 그로부터 수년 전이 될 테고요.

작품의 공간적 배경을 짐작할 수 있는 단서 역시 많지 않아요. 일단 과거에 어머니(가정부), 아버지, 동생과 같이 살던 집은 인천으로 짐작됩니다. 이층에서 전도관 흰 건물의 종각이 보인다고 했는데, 전도관은 본래 개신교(대한 예수교 장로회)의 장로였던 박태선이 1955년에 창시한 신흥 종교인 천부교의 원래 명칭인 '한국 예수교 전도관 부흥협회'의 약칭입니다. 이 전도관 건물은 인천시 숭의동에 자리하고 있었지요. 또한 '나'가 아버지와 함께 부둣가로 바다낚시를 다녔다고 하니 작품의 공간적 배경은 인천이 맞을 겁니다. 그러나 현재는 어디인지 알 수 없어요. 다만 그동안 이사를 했다는 말이 없으므로 공간적 배경은 여전히 인천이라고 생각해도 무방할 것 같습니다.

Q 작품 속 사건의 시간이 순차적으로 되어 있지 않은 것 같아요. 시간 순서대로 배열하면 어떻게 되는지 쉽게 설명해 주세요.

A 그렇지요. 짧은 작품인데도 시간 역전(현재를 서술하다가 과거로 돌아가는 것)이 많이 일어나 좀 헷갈리게 구성되어 있습니다. 시간 순서에 따라서 앞뒤 내용들을 다시 정리해 보겠습니다.

일단 ① 처음에는 현재에서 시작해요. '나'는 학교가 파한 뒤 아무도 없는 교실을 뒤져 물건들을 훔치다가 완구점을 찾아가지만 완구점에 들어가지는 않고, 구경만 하며 다른 손님들을 질투하고 있지요. 그런데 이때는 이미 오뚝이를 많이 사 모은 상태이고, 완구점 여인과 '춘화' 같은 사건을 치른 뒤입니다. 그러다가 ② '어머니'를 본 장면부터는 현재로부터 얼마 전의 과거로 돌아가지요. '나'는, 가정부였다가 계모가 되었으나 지금으로부터 3, 4년 전 집을 나갔던 어머니를 우연히 발견하고는 그녀를 따라 아르바이트 홀까지 몰래 따라갑니다. 임신한 몸으로 낯선 남자와 춤을 추는 그녀에게 연민을 느낀 '나'는 완구점 여인을 찾아가 하룻밤을 같이 보내고 그 일로 수치심을 느끼게 되지요. (그래서 '지금'은 완구점을 찾아가지만 가게 안으로 들어가지 못하고 밖에서 머뭇거리기만 합니다.) 그러고는 ③ 다시 현재로 돌아와 책상 위에 정돈되어 있는 백 개의 오뚝이를 보고 있어요. 그리고 ④ 처음 그 오뚝이가 가득 찬 완구점을 발견하였던 과거를 회상했다가, 그 완구점 여인으로 인해 떠올리게 된 더 먼 과거를 회상합니다. ⑤ 몇 년 전 이층집에서 동생과 가정부와 함께 살다가 동생이 죽고 아버지가 돌아온 뒤 아버지와 단란하게 지냈으나, 가정부가 어머니가 된 뒤로 다시 가족으로부터 소외되는 과정을 회상하지요. 그런 다음 ⑥ 다시 현재로 돌아와 '나'는 완구점 여인에게 다시금 당신의 세계에 나를 맞아 달라는 내용의 편지를 쓰지만, 완구점은 며칠 동안 닫혀 있다가 결국 완구점 자리에 다방이 들어서 '나'가 홀로 남겨지는 과정이 마지막으로 서술되지요. 이상의 내용을 시간순으로 배열하면, '⑤ → ④ → ② → ① → ③ → ⑥'이 됩니다.

Q 작품의 처음에 '나'가 학교의 빈 교실과 복도에서 벌이는 이상한 행동이 꽤 길게 묘사되어 있는데요, 이 장면을 어떻게 이해해야 할까요?

A 네, 작품의 처음에, 학교가 파한 뒤 '나'가 홀로 교실에 남아 다른 학생들의 서랍을 뒤져 물건을 훔치는 행동이 꽤 길게 묘사되어 있지요. 이는 이 작품의 다른 장면과는 큰 관련이 없는 행위인데, 길게 묘사된 것을 보면 아마도 '나'의 현재 심리 상태를 담아내기 위한 것이 아닐까 합니다. 먼저, 돈을 훔치는 것은 오뚝이를 사기 위한 자금을 마련하기 위해서겠지만("이러한 작업으로 나는 오뚝이를 사 모은다."라고 서술되어 있지요.), 발에 맞지 않는 덧신까지 훔치는 걸 보면 단순한 도둑질이 아니라 '나'의 전반적인 욕구 불만 상태를 드러내기 위한 묘사로 볼 수 있을 겁니다. 또한 '나'는 "자로 잰 듯이 반듯하게 놓인 그들의 질서가 두려워진다."라고 느끼기도 하고, 먼지 한 알 없이 청결해 보이는 복도에 위축감을 느껴 "뻣뻣한 스커트를 허리께까지 훌쩍 걷어 올리고 그대로 선 채 오줌을 누고 싶다는 충동"을 느끼기도 하지요. 이처럼 질서를 무너뜨리고

싶은 반항적인 심리는 '나'가 현재 다른 무엇인가를 욕구하고는 있으나 그것이 채워지지 않은 데서 오는 것일 수 있어요. 그래서 '나'는 책상들을 "완전히 먼저의 질서를 잃"게 하고, 침을 뱉어서 복도를 더럽히고 나서도, 입에서는 냄새가 나고 귀에서는 지잉지잉 울리는 소리가 나는 등 여전히 답답한 상태에 있지요. 그래서 "나는 한 손으로 오른쪽 귀를 감싸 쥐고 입을 벌려 숨을 내쉬며 가만히 서 있었다."라고 말하고 있는데, 이는 오른쪽 그림과 느낌이 유사하지 않나요?

이 그림은 너무나 유명한 에드바르트 뭉크(Edvard Munch, 1863~1944)의 〈절규〉인데, 사실 '절규'는 자신의 의사가 충실하게 전달되지 않고 이해받지 못할 때, 즉 제대로 소통이 되지 않을 때에 내지르는 고함 같은 거지요. 이 작품의 '나' 역시 소통의 단절을 겪고 있는 것이 아닐까요? 누군가와 소통하고 싶은데 그럴 수 없도록 외롭게 홀로 방치되어 있는 상태일 거예요. 물건을 훔치다가 "나는 갑자기 이야기가 하고 싶어졌다."라고 느끼는 것도 그 때문이겠지요.

Q '어머니'란 사람이 왜 그러는지 잘 이해되지 않고, 어머니에 대한 '나'의 감정도 증오심만은 아닌 것 같아요. 어머니는 어떤 사람이고 '나'는 어머니를 어떻게 생각하는 건가요?

A 어머니는 '나'의 계모이지요. 그런데 '나'는 생모에 대한 이

야기를 전혀 하지 않고 계모를 '어머니'라 부르지요. 아마도 생모에 대한 기억은 거의 없는 것 같아요. 그만큼 어릴 적에 돌아가시거나 했겠지요. 그리고 이 작품은 일인칭 주인공 시점으로 쓰여 있기 때문에 '나' 이외의 등장인물에 대해서는 '나'가 알려 주는 정보만을 가지고 이해할 수밖에 없어요. '나'도 어머니의 속마음까지 들여다볼 수는 없으니까, 독자들 역시 어머니가 왜 그런 행동을 하는지를 완전하게 이해하기는 어려울 거예요. 그러나 '나'의 눈에 비친 어머니는, 일단 가정부였을 때에는 별 문제가 없었으나 동생이 죽고 아버지와 부부 관계를 맺은 뒤에는 '나'와 불화하는 것으로 그려지고 있어요.

우선 동생이 죽은 뒤 아버지는 '나'에게 다정하게 대해 주었지만, 가정부(=어머니)와 부부 관계를 맺은 뒤로는 '나'에 대한 관심을 덜 기울입니다. 또 어머니는 쉴 새 없이 아이를 낳았고 그 아이들은 설사를 하다 죽기도 한 것으로 기억되고 있습니다. 그러면서 어머니는 '나'에게 점차 냉혹해져 '나'를 전혀 돌보지 않은 것으로 기억되지요. 곧 어머니는 동생이 죽은 뒤 하나 남은 유일한 가족인 아버지마저 '나'에게서 가로채고, 또 다른 아이들을 낳느라고 '나'에게 어머니 역할을 전혀 하지 않고 오히려 냉혹하게 대한 거예요. '나'가 어머니를 증오하는 것도 무리가 아니지요. 그런데 몇 년 전 집을 나간 후로 소식을 알 수 없던 그 어머니가 지금 다시 '나'의 눈앞에 나타났어요. 여전히 아이를 임신한 채 아르바이트 홀에서 낯선 남자와 춤을 추는 모습을 보면서, 이제까지 어머니를 증오해 오던 '나'는 그녀에게 연민을 느끼게 되지요. 이 부분에서의 '나'의 심정은 자세히 서술되어 있지 않으나, 아마도 남자('나'의 아버지를 비롯해)에게 버림을 받고 나서도 계속 다른 남자를 찾아다니며 남자의 아이를 임신하며 살아가는 여성의 삶이 불쌍하게 여겨진 것이 아닐까 해요. 남자들에게 매여서 살아가는 여성의 삶에 대한 연민이지요.

지금은 다소 의아하게 여겨질 수도 있겠으나, 이 무렵만 하더라도 대부분의 여성들의 삶은 남성들에게 종속되어 있었고, 지금도 그런 상황이 완전히 개선되지는 않고 있지요. 그러므로 이 작품에서 '어머니'는, '나'에게는 어머니로서의 보살핌을 주지 않고 냉혹하게 대한 인물이지만, 여성으로서는 남성에게 버림을 받으면서도 끊임없이 남성의 아이를 임신하면서 살아가는, 즉 남성에게 매여 살아가는 불쌍한 여인인 거예요.

Q '완구점 여인'이란 인물은 묘하고 이상한 느낌을 줍니다. '나'에게 완구점 여인은 어떤 의미를 지니나요?

A '나'는 처음 완구점 여인을 보고는 예전에 살던 집과 동생을 떠올립니다. 작품 속에서 '나'는 "여인은 나에게 모든 것을 생각나게 해 주었다. 우리가 세 들어 살고 있던 일본식 집 이층을, 휠체어에서 살고 있던 동생을, 가슴이 두껍고 목소리가 걱실걱실하던 가정부를, 아니 나의 어머니를 생각나게 했다."라고 말하고 있지요. 아마도 완구점 여인이 휠체어를 타고 있는 불구의 몸이었기 때문에 역시 불구였던 동생을 떠올렸을 것이고, 이어서 동생과 함께 살던 집, 그리고 그 집에 함께 살던 가정부(=어머니)도 생각이 났겠지

요. '동생'과 '집'(어머니를 포함하여)은 지금의 '나'에게 상실된 것이에요. 지금의 '나'는 가족과 가정을 잃고(아버지가 어떻게 되었는지는 알 수 없지만) 홀로 살아가고 있는 거예요. 당연히 외롭고 힘들겠지요. 그래서 '나'는 예전의 동생과 집을 생각나게 하는 완구점 여인을 통해 새로운 '관계', 즉 가족과 같이 서로를 보살펴 줄 수 있는 진정한 인간관계를 맺고 싶은 마음이 든 거예요.

한편 완구점 여인은 불구인 데다가, 또 그녀의 가게에 오뚝이가 가득 차 있는 것으로 보아, 그녀는 아무리 굴려도 오뚝오뚝 일어서는 오뚝이와 같은 '자립'을 열망하고 있는 사람이라 볼 수 있어요. 자립을 열망하고 있다는 것은 아직 자립하지 못하고 있다는 것을 뜻하기도 하지요. 곧 완구점 여인도 누군가와 함께함으로써 불구의 처지에서 벗어나기를 바라고 있는 것이지요.

그렇지만 '나'는 그녀에게 어떻게 접근해야 할지 알 수 없어서 계속 그녀의 가게에서 오뚝이를 사 모으기만 해요. 그러다가 몇 년 만에 어머니를 우연히 목격한 날, 드디어 완구점 여인을 찾아갑니다. 그동안 증오해 오던 어머니가 불쌍하다는 마음이 들자 어머니와 마찬가지로 외로운 처지에 놓여 있는 자신에게도 연민을 느껴 울고 싶어졌으며, 그래서 그동안 지켜봐 오기만 하던 완구점 여인에게서 위안을 받고 싶어진 겁니다. 그리고 완구점 여인이 '나'를 받아들이면서 그동안 열망해 오던 '관계'가 마침내 이루어지게 됩니다.

그런데 완구점 여인과의 '관계'는 뜻밖으로 전개되지요. 함께 잠자리에 들면서 서로의 몸을 탐하는 관능의 세계로 빠져듭니다.

결국 새벽 종소리에 깨어난 '나'는 심한 수치심을 느끼고, 그 여인도 깊이 후회하는 듯 얼굴이 눈물 자국으로 얼룩져 있지요. 그 뒤 '나'는 그 여인을 찾아가지 못하고 다시 완구점 바깥에서 지켜보기만 합니다. 그리고 결국 그 여인이 완구점을 닫고 이사를 가면서 '나'는 다시 홀로 남겨지고 맙니다.

그러니까 가족 관계를 상실하고 홀로 살아가고 있는 '나'에게 있어 완구점 여인은, 새로운 '관계'를 맺기를 원하는 대상이었지만, 관계를 맺자마자 서로에게 상처를 남김으로써 다시 결별해야만 했던 사람인 것이지요.

Q 마지막 장면에서 '나'는 왜 그동안 모아 왔던 오뚝이들을 모두 없애 버려야겠다고 다짐하는 건가요?

A 완구점 여인과 하룻밤을 잔 뒤 깊은 부끄러움을 느껴서 그녀를 다시 찾아가지 않으면서도, '나'는 그녀와 '관계'를 맺고자 하는 열망을 거두지 못합니다. 그래서 부끄러움과 괴로움을 호소하며 그녀에게 "다시금 당신의 세계에 나를 맞아 주십시오."라고 간청하는 편지를 쓰지만 결국 건네주지는 못하지요.(완구점이 내부 수리 중이라는 쪽지를 달고 문이 닫혀 있는 것을 보는 장면에서 이 편지는 '나'의 손에 여전히 남아 있지요.)

그런데 어느 날 완구점 여인이 사라져 버렸습니다. 가족을 상실한 '나'가 그녀와 더불어 '가족을 대신할 수 있는 관계'를 맺고자 하는 열망은 이제 더 이상 기대할 수가 없게 된 거지요. '나'는 완구점 여인과 그녀의 오뚝이들이 자신의 손이 닿지 않는 이방(異邦)

으로 멀어져 있다고 하면서, '잠시 해방감'을 느끼고 또 '끝없이 고독'함을 느껴요. 잠시나마 해방감을 느끼는 것은, 타인과의 관계란 하나의 구속이 되기도 하기 때문이에요. 그래서 타인과의 관계가 끊어지면 그 구속으로부터 해방되는 듯한 느낌도 갖게 됩니다. 물론 자신이 의지하고자 했던 사람이 사라졌으므로 '끝없이 고독'함을 느끼는 것도 당연하지요. '잠시의 해방감'과 '끝없이 고독'함을 느끼면서 '나'는 과거의 기억을 안고 달팽이처럼 한껏 움츠리며 살아가리라 예상해요. 그러고는 오뚝이들을 없애 버려야겠다고 생각하지요.

오뚝이는 '나'가 완구점 여인과의 관계를 상상하면서 사 모은 것인데, 그녀와의 관계가 이젠 끊어졌으므로 더 이상 의미가 없어진 것이지요. 그런데 '나'는 오뚝이를 없애는 것이 상실을 의미하는 것은 아니라고 생각해요. 곧 오뚝이를 수동적으로 잃어버리는 것이 아니라 주체적으로 버리는 것이라고 생각하는 거지요. 그러니까 오뚝이를 없애 버려야겠다고 결심하는 것은 완구점 여인과의 관계 맺기가 불가능해지자 이젠 더 이상 타인과의 관계에 매달리지 않고 '홀로서기'에 나서겠다는 '나'의 결단인 셈입니다.

물론 이 결심이 '나'에게 위안이 된다고 보지는 않아요. 그래서 "하늘에는 별이 없"고 '나'의 "가슴은 금방 버석버석 소리를 내며 부서져 버릴 듯 건조해져 있었다."라고 하지요. '나'가 선택하는 홀로서기가 '행복'과는 거리가 있음을 '나'는 이미 알고 있는 겁니다. 하지만 그렇더라도 홀로 설 수밖에 없다는 것, 그것이 이 작품의 결말에서 '나'가 깨닫는 결론이랍니다.

저녁의 게임

아버지와 단둘이 살고 있는 '나'는 날마다 저녁이 되면 아버지와 화투 놀이를 합니다. 그러나 '나'는 이 '게임'에 전혀 흥이 없어 보이며, 아버지와 '나' 사이에는 화투 놀이를 하는 도중은 물론, 일상생활 내내 긴장과 갈등이 흐릅니다. 또한 멀쩡해 보이는 여성인 '나'는 밤마다 이상한 행동도 합니다. '나'의 이상한 행동, 그리고 아버지와 '나' 사이에는 어떤 비밀이 숨어 있는 걸까요?

꼭 내장까지 들여다보이는 것 같잖아.✽ 밥물이 끓어 넘친 자국을 처음에는 젖은 행주로, 다음에는 마른 행주로 꼼꼼히 문지르며 나는 새삼 마루와 부엌을 훤히 튼, 소위 입식˙구조라는 것을 원망하는 시늉으로 등을 보이는 불안을 무마하려˙애썼다. 그래도 가스레인지 주변의, 점점이 뿌려진 몇 점의 얼룩은 여전히 희미한 자국으로 남았다. 아마 지난겨울 아버지가 약을 끓이다가 부주의로 흘린 자국일 것이다. 승검초의 뿌리와 비단개구리, 검은콩과 두꺼비 기름을 넣고 불 위에 얹어 갈색의 거품이 끓어

✽ 꼭 내장까지 들여다보이는 것 같잖아 마루에서 부엌으로 바로 이어지는 입식 구조여서, 부엌이 마치 내장이 훤히 들여다보이는 것처럼 모두 다 보인다는 것이다. 이것은 '나'가 입 밖으로 하는 말이 아닌 마음속 생각이다.
입식(立式) 부엌 따위에서 서서 일하게 된 방식. 또는 그런 구조.
무마하다(撫摩--) 1. 손으로 두루 어루만지다. 2. 타이르고 얼러서 마음을 달래다. 3. 분쟁이나 사건 따위를 어물어물 덮어버리다. 여기에서는 2의 뜻으로 쓰임.
승검초(--草) 신감채(辛甘菜). 산형과의 여러해살이풀. 뿌리는 '당귀'라 하여 약재로 쓴다. 우리나라 중부와 북부에 분포한다.

오를 즈음 꿀을 넣고 천천히 휘저어 검은 묵처럼 만든 그것을 겨우내 장복하며 아버지는, 피가 맑아지고 변비가 없어진단다라고 말했었다. 내의 바람으로 군용 항고에 콜타르처럼 꺼멓게 엉기는 액체를 긴 나무젓가락으로 휘젓고 있는 아버지는 영락없이 중세의 연금술사였다.

  약을 달이는 동안 내내 누릿하고 매움한 냄새는 집 안 곳곳에 스며들고 비단개구리의 살과 뼈는 독한 연기로 피어올라 마침내 낙진처럼 무겁고 끈끈하게 내려앉았다. 나는 빈혈증과 구역질로 헐떡이며 건성의 피부에 더럽게 피어나는 버짐과 잔주름으로 거울 앞에 매달렸다. 얼룩은 변질된 스테인리스로 기억보다 독하고 오래 남아 있을 것이다.

장복하다(長服--) 같은 약이나 음식을 오랫동안 계속해서 먹다.
항고 직접 밥을 지을 수 있게 된, 알루미늄으로 만든 밥그릇을 뜻하는 '반합(飯盒)'의 일본어 '한고〔はんごう〕'에서 나온 말.
콜타르(coaltar) 석탄에서 추출해 내는 기름 상태의 끈끈한 검은 액체. 함석이나 철재 따위의 방부제로 쓰인다.
연금술사(鍊金術師) 연금술에 관한 기술을 가진 사람.
  연금술 철이나 구리, 납 따위의 비금속으로 금이나 은 같은 귀금속을 제조하고, 늙지 않고 오래 살 수 있는 약을 만들려고 하던 화학 기술. 고대 이집트에서 시작되어 아라비아를 거쳐 중세 시대에 유럽에 퍼졌었다.
누릿하다 누리다. 짐승의 고기에서 나는 기름기 냄새나, 고기 또는 털 따위의 단백질이 타는 것처럼 냄새가 역겹다.
매움하다 혀가 얼얼할 정도로 맵다.
낙진(落塵) 1. '방사성 낙진', 즉 '핵폭발에 의하여 생겨나 주변의 땅 위에 떨어지는 방사성 물질'을 일상적으로 이르는 말. 2. 화산 폭발 등으로 생겨나 주변의 땅 위에 떨어지는 가루 형태의 물질.
건성(乾性) 공기 중에서 쉽게 마르는 성질.
버짐 백선균에 의하여 일어나는 피부병. 마른버짐, 진버짐 따위가 있는데 주로 얼굴에 생긴다.
스테인리스(stainless) '스테인리스강(stainless鋼)'을 일상적으로 이르는 말. 강철로, 녹이 슬지 않고 약품에도 부식하지 않는다.

모든 것은 어제와 다름없이 잘되었다. 부엌 선반의 시계는 다섯 시 반을 가리키고 밥은 한참 뜸이 들어가는 중이고 노릇노릇 구워진 생선에서는 비늘 타는 연기가 희미하게 피어올랐다.

서향의 창으로 비껴든 햇빛은 젖은 도마의 잘게 파인 홈마다 낀 찌끼를 뒤져내고 칼 빛을 죽이며 개수대의 물에 굴절되어 물속의 뿌연 앙금을 떠올렸다.

가로로 길게 낸 부엌 창을 통해, 사역을 마치고 빈터를 가로질러 돌아가는 소년원생들의 행렬이 보이는 것도 어느 날과 다름없었다.

칠팔십 명 정도는 좋이 될 그들은 한결같이 바랜 듯한 회색 작업복에 같은 색 모자를 쓰고 있었는데 수의라는 이쪽의 선입견이 작용한 탓일까, 아니면 빈터에 흐름 직한 바람을 짐작한 탓일까, 나는 늘상 헐겁게 걸친 작업복 아래 소름이 돋은 깔깔한 맨살을 만지는 듯한 쓸쓸함을 느끼곤 했다. 귀가 맞지 않게 잘라

찌끼 '찌꺼기'의 준말.
굴절되다(屈折--) 빛이나 소리 따위가 한 매질에서 다른 매질로 들어갈 때 접촉하는 경계면에서 그 진행 방향이 바뀌게 되다.
앙금 1. 녹말 따위의 아주 잘고 부드러운 가루가 물에 가라앉아 생긴 층. 2. 마음속에 남아 있는 개운치 아니한 감정을 비유적으로 이르는 말. 여기서는 1의 뜻으로 쓰임.
사역(使役) 사람을 부리어 일을 시킴. 또는 시킴을 받아 어떤 작업을 함.
소년원생(少年院生) 가정 법원 소년부나 지방 법원 소년부에서 보호 처분을 받은 비행 소년을 수용하여 교정 교육을 하는 시설인 '소년원'에 수용되어 있는 사람.
수의(囚衣) 죄수가 입는 옷.
선입견(先入見) 선입관(先入觀). 어떤 대상에 대하여 이미 마음속에 가지고 있는 고정적인 관념이나 관점.
귀 모가 난 물건의 모서리.

진 낡은 천 조각처럼 펄럭이며 느리게 움직이는 그 행렬은 거대한 수레바퀴가 느리고 둔중하게 굴러가는 모습이나 어쩌면 길고 긴 라단조의 휘파람 소리 같기도 했다.

행렬의 앞과 뒤에는 각각 한 걸음 정도 떨어져 감시원인 듯한, 점퍼 차림의 사내가 호위하고 있었다.

그들을 가까이에서 본 적이 없다면 나는 부근 어딘가에 아마 군인들의 막사가 있는 모양이라고 무심히 보아 넘길 뿐 낮고 음울한 휘파람 소리나 인과(因果)의 보이지 않는 손에 의해 한없이 돌아가는 지옥의 연자맷돌 따위 어린아이와 같은 공상으로 하염없이 바라보는 일 따위는 없었을 것이다.

언젠가 나는 개를 끌고 저녁 산책에 나갔다가 그들을 처음 만났다. 문득 멀지 않은 야산을 끼고 돌아앉은 소년원을 떠올리며,

---

둔중하다(鈍重--) 성질이나 동작이 둔하고 느리다.
라단조(-短調) '라' 음을 으뜸음으로 한 단조.
호위하다(護衛--) 따라다니며 곁에서 보호하고 지키다.
부근(附近) 어떤 곳을 중심으로 하여 가까운 곳.
막사(幕舍) 1. 판자나 천막 따위로 임시로 간단하게 지은 집. 2. 군인들이 주둔할 수 있도록 만든 건물 또는 가건물.
✤ 인과(因果)의 보이지 않는 손에 의해 ~ 바라보는 일 따위는 없었을 것이다 '인과'는 '원인과 결과'를 합쳐서 이르는 말이나, 여기에서는 '인과응보(因果應報)'의 줄임말로 쓰였다. 인과응보는 '전생에 지은 선악에 따라 현재의 행(幸)과 불행(不幸)이 있고, 현세에서의 선악의 결과에 따라 내세에서 행과 불행이 있는 일'을 뜻한다. 또한 '연자맷돌'은 '소나 말이 돌리는 아주 큰 맷돌'을 뜻한다. 그러므로 '인과의 보이지 않는 손에 의해 한없이 돌아가는 지옥의 연자맷돌'은 살아가면서 지은 죄로 인해 죽은 뒤 지옥에서 한없이 연자맷돌을 돌리는 벌을 받는 것을 의미한다. '나'는 소년원생들이 이와 같은 지옥의 연자맷돌을 돌리는 것이라고 상상하면서 그들을 '하염없이' 바라보고 있는 것인데, 이를 보면 아마 현재 자신의 처지도 그들과 비슷하다고 느끼고 있는 듯하다. 즉, 현재 '나'는 지옥의 연자맷돌을 한없이 돌리는 것과 비슷한 삶을 살고 있다고 여기는 것이다.

아, 뜻 모를 탄성으로 고개를 주억거리다가 본능적인 수치심으로 개 줄을 팽팽히 끌어당기며 외면을 했다. 행렬의 가운데에서 깜짝 놀랄 만큼 앳된 얼굴이 나를 바라보고 있었다. 나이를 짐작할 수 없는 소년의 눈빛은 선연하도록 맑았다. 단지 제복에서 문득 느껴지는 청신함 때문이었을까, 둥근 볼에 떠오른 차가운 핏기에서 문득 자각되어진 자신의 노추(老醜)에 대한 의식 때문이었을까.

소년은 곧 한 떼의 무리로 뒤섞여 내 곁을 지나쳤다. 나는 그 애의 얼굴을 전혀 떠올릴 수가 없었다. 만약 그들 전체를 한 줄로 세워 놓고 살핀대도 나는 그 애를 찾아낼 수 없을 것이다. 그런데도 선연하도록 맑은 눈빛은 하나의 느낌으로 남아 매일 그 시간이면 부엌 창문을 통해, 그 애가 있음 직한 위치를 어림해 보는 헛된 노력을 하는 것이었다.

그들이 들판을 거의 다 지날 무렵 무리의 중간쯤에서 조그만 동요가 생겼다. 한 소년이 벗겨진 신발을 고쳐 신기 위해 엎드린 것이다. 소년의 뒤로 갑자기 행렬이 주춤하고 곧 뒤에서 따라가던 점퍼 차림의 사내가 다가갔다. 나는 무언가 반짝이는 것을 그

주억거리다 고개를 앞뒤로 천천히 끄덕거리다.
선연하다(鮮姸--) 산뜻하고 아름답다.
청신하다(淸新--) 맑고 산뜻하다.
자각되다(自覺--) 현실을 근거로 자기의 입장이나 능력 따위가 깨달아지다.
노추(老醜) 늙고 추함.
동요(動搖) 어떤 체제나 상황 따위가 혼란스럽고 술렁임.

소년이 집어 올려 소매 속에 재빨리 집어넣었다고 생각했다. 아니면 신발 속에 감추었을지도. 소년은 사내가 다가가자 허리를 펴고 손바닥을 털었다. 그들은 더 무어라고 이야기를 하고 있었으나 이곳에서는 마치 수화를 하고 있는 듯 보였다.

사내는 다시금 제자리로 돌아가고 그들은 잠시 벌어졌던 거리를 메우느라 조금 빠르게 움직였다. 역시 아무것도 아니었을 것이다. 햇빛이 스러진 들판에 반짝거릴 무엇이 있을 것인가.

들판이 끝나는 산등성이, 드문드문 이미 공사가 반쯤 되었거나 추위가 오기 전 마지막 손질을 서두르는 집들이 서 있던 택지를 끼고 그들은 시계에서 사라졌다. 길고 긴 휘파람 소리도, 둔중한 수레바퀴도 사라졌다.

나는 개수대의 마개를 뽑았다. 그리고 부글부글 거품을 만들며 소용돌이쳐 순식간에 빠져 나가는 물을 만족스럽게 바라보았다. 그렇다, 막힌 구멍은 낮에 수선공이 와서 뚫었다. 개수대

수화(手話) 청각 장애인과 언어 장애인들이 입으로 하는 말을 대신하여 몸짓이나 손짓으로 표현하는 의사 전달 방법.
✽ 역시 아무것도 아니었을 것이다 소년이 소매 속에 감춘 '무언가 반짝이는 것'은 아마도 소년원으로부터 탈출하거나 혹은 소년원의 질서에 저항하기 위한 도구일 것이다. 그런데 소동이 끝나고 나서 '나'는 아무것도 아니었을 것이라고 추측하고 만다. 이는 그 소년의 행위를 보고서 '나' 역시 지금의 질서로부터 탈출하고 싶은 욕망이 생겼으나, 그것이 이루어질 수 없는 일임을 깨닫고 포기하는 마음이 들었음을 뜻한다.
스러지다 형체나 현상 따위가 차차 희미해지면서 없어지다.
택지(宅地) 집을 지을 땅.
시계(視界) 시야(視野). 시력이 미치는 범위.
수선공(修繕工) 낡거나 헌 물건을 고치는 일(수선)을 하는 직공.

구멍에서는 물이 빠지지 않아 늘 썩은 냄새가 났다. 깔때기 모양의 압축기로 몇 번 펌프질을 하자 끌어올려진 것은 섬유질만 남은 야채 줄기와 뒤엉킨 머리칼 뭉치였다. 어느새 등 뒤에 온 아버지는 거 봐라 하는 표정으로 그것을 오랫동안 바라보았다.

여섯 시가 되어 가고 있다. 부엌의 한쪽 벽에 붙어 놓은 식탁에 습관적으로 세 벌의 수저를 놓다가 깜짝 놀라 한 벌을 다시 수저통에 넣었다. 수선을 떨 건 없어, 오빠는 오늘도 돌아오지 않으리라는 사실을 확실히 알면서도 손은 관성의 법칙을 이행한 것뿐이니까.✽

"얘야, 까치가 어느 쪽을 보고 우니?"

아버지의 물음에 나는 소년원생들이 사라진 빈터의 키 높은 포플러를 올려다보았다. 누릿누릿 물들기 시작한 이파리 사이, 나무의 우듬지 끝에서 까치가 울고 있었다.

"렌즈를 빼버렸어요."

나는 그릇 소리를 내며 대답했다. 콘택트렌즈가 없으면 장님이나 다를 바 없다는 것을 알면서도 아버지는 고집스럽게 되풀이했다.

수선 사람의 정신을 어지럽게 만드는 말이나 행동.
관성(慣性) 물체가 외부의 힘을 받지 않는 한 정지 또는 등속도 운동의 상태를 지속하려는 성질.
이행(履行) 실제로 행함.
✽ 손은 관성의 법칙을 이행한 것뿐이니까 '나'는 늘 하던 버릇대로 오빠의 수저까지 식탁 위에 놓았다는 뜻이다.
우듬지 나무의 꼭대기 줄기.

"까치가 우는 쪽으로 침을 뱉어라. 저녁 까치는 재수가 없단다."

"잘 안 보인다니까요."

"렌즈를 어쨌니, 또 잃어버렸구나. 그러기에 안 쓸 때는 꼭 물에 담가 두랬잖니?"

렌즈를 빼버렸다는 것은 거짓말이다. 동공에 정확히 부착된 렌즈를 통해 나는 우듬지 끝에 앉아 이편을 보고 우는 까치의 기름이 묻은 듯 검게 빛나는 깃털이며 강철처럼 단단해 뵈는 날개를 터는 모습까지 확연히 보고 있는 것이다.

나는 햇빛이 물러가 어둑신한 마루의 의자에 등을 파묻고 앉아 있는 아버지를 잠깐 눈살을 찌푸려 바라보다가 선반에 올려놓은 녹음기의 작동 스위치를 눌렀다. 낮에 들었던 코다이의 관현악 서주부가 귀에서 뱅뱅 돌았다. 스륵스륵 테이프 돌아가는 소리가 느리고 약하게 들려왔다. 녹음이 안 된 걸까 의아해하는데 느닷없이 연주가 시작되었다.

아마 희망 음악 시간이었나 보았다. 라디오에서 귀에 익은 곡

동공(瞳孔) 눈동자.
부착되다(附着--/付着--) 떨어지지 아니하게 붙다.
어둑신하다 제법 어둡다.
코다이 졸탄 코다이(Zoltán Kodály, 1882~1967). 헝가리의 민요를 수집·연구하였으며, 국민 음악을 확립하는 데 공헌하였다. 작풍은 소박하며 밝고 친해지기 쉽고, 민족적 색채가 풍부한 것이 많다. 대표적인 곡으로 〈헝가리 찬가〉, 〈가란타 춤곡〉 등이 있다.
서주부(序奏部) 악곡의 주요 부분에 들어가기 전에 도입적 역할로서 마련한 부분. 비교적 늦은 템포의 연주로, 교향곡이나 소나타의 머리 부분에 둔다.

이 나오자 나는 갑자기 그것을 녹음해 볼 생각이 났다. 녹음기는 구형 소니였는데 오빠의 것이었다. 오랫동안 사용하지 않고 처박아 둔 그것을 찾아내어 먼지를 털고 역시 서랍을 뒤져 빈 테이프를 찾아 걸었을 때는 이미 서주부가 끝났을 때였다. 오래된 음반인지 원음˙보다 잡음이 더 많았다. 중간에 끄지 않은 건 순전히 귀찮기 때문이었다.

   십 분쯤 듣다가 스위치를 눌러 끄고 나는 조금 딱딱한 음성을 만들어 말했다.

   "저녁 준비 됐어요."

   귀를 후비던 새끼손가락의 손톱을 엄지손가락과 맞부딪쳐 탁탁 털고 난 뒤 의자에서 힘겹게 몸을 일으키는 아버지의 모습은 기척만으로도 알 수 있었다.

   화장실에서 쏴아 물 트는 소리, 물이 내려가는 소리를 한 겹 벽 너머로 들으며 나는 말끔히 닦인 식탁을 다시 행주로 문질렀다.

   "수건 있니?"

   아버지가 물이 뚝뚝 떨어지는 손을 휙휙 뿌리며 부엌으로 들어왔다.

   "목욕탕에 있는 걸 쓰시지 그래요."

   "더럽고 축축하더라."

원음(原音) 재생된 음에 대해서 본래의 음을 이르는 말.

그건 거짓말이다. 낮에 개수대를 뚫은 수선공이 쓴 수건을 새 수건으로 바꿔 걸었던 것이다.

까치는 여전히 포플러 꼭대기에서 울어 대고 있었다.

아버지는 종내 그 소리가 마음에 걸리는지 창으로 눈길을 주며 "아무래도 부엌이 잘못 앉았어. 저녁 해가 드는 게 좋지 않아."라고 혼잣말처럼 중얼거렸다.

아버지는 이태* 전 위장을 반 넘게 잘라 낸 뒤로 식사 시간이 길어졌다. 나는 되도록 느릿느릿 먹기에 신경을 써도 언제나 아버지가 식사를 반도 하기 전에 숟가락을 놓게 되곤 했다.

햇빛은 점점 물러가 어느새 문께에 한 줄기 얇은 금으로 남았다. 그것마저 곧 스미듯 사라져 버리고 말 것이다.

음식을 씹을 때마다 완강히 드러나는 턱뼈와 무력하게 늘어진 목덜미의 주름이 눅눅하게 그늘 속에 잠기는 것을 나는 왠지 안타까운 마음으로 바라보았다.

가을 해는 짧아 저무는가 싶으면 이내 어둠이 온다.

"불을 켤까요?"

나는 가시를 바른 생선을 아버지 앞에 밀어 놓으며 물었다.

"국이 식었어."

나는 가스를 틀어 국 냄비를 얹었다. 새파란 불꽃으로 타오르는 가스불은 늘 마법의 불을 연상시킨다.

---

* 이태 두 해.

아버지의 얼굴은 어둠 때문에 좀 침통해 보였고 끝이 조금 처진 콧날은 더욱 길게 늘어져 보였다. 내 얼굴도 역시 그렇게 보일 것이라는 것이 나를 까닭 없이 초조하게 만들었다.

데워진 국 냄비를 식탁에 놓고 나는 우정˚ 그러하듯 조용히 일어나 녹음기의 스위치를 눌렀다. 첼로와 바이올린의 다투듯 소란스러운 선율에 아버지는 잠깐 고개를 들었다 놓았다. 안단테˚의 3악장이 시작되었다. 아버지는 새김질을 하듯 천천히 씹고 조금씩 국을 떠 마셨다.

음악이 끝나고 빈 테이프가 돌아갔다. 한 시간용의 테이프는 곧 끊기고 멈춤 스위치가 올라갈 것이다.

"물을 다오."

식사를 마친 아버지가 트림을 하며 컵을 내밀었다.

컵에 물을 따르다가 나는 흠칫 손을 멈추었고 아버지는 반사적으로 몸을 돌려 마루를 바라보았다.

인기척도 없이 누군가 성큼 부엌 안으로 들어섰다. 탁하게 갈앉은, 밤새의 끽연˚으로 쉬고 갈라진 목소리…….

…… 이렇다 할 취미나 재미와는 담을 쌓고 살아온 그의 유일한 도락˚은 권총에 있었다. 만물이 잠들기를 기다려 벌거벗고

우정 '일부러'의 방언.
안단테(andante) 1. 악보에서, 느리게 연주하라는 말. 2. 소나타 따위에서, 느린 속도로 연주하는 악장.
끽연(喫煙) 흡연(吸煙).
도락(道樂) 1. 재미나 취미로 하는 일. 2. 색다른 것을 좋아하여 찾는 일.

5연발의 총알이 장전된 총을 귀 밑에 들이대는 것은 단순히 절대적 긴박감과 자유를 사랑했기 때문이다. 아니 자유가 아니라 유희일 것이다. 방아쇠에 손가락을 걸고 혹 누군가 불시에 문을 연다면, 혹 어디선가 엿보는 눈을 발견한다면, 혹 뜻하지 않게 등허리 부근을 모기에게 물린다면 자신의 의사와는 관계없이 거의 반사적인 행동으로 방아쇠를 당겨 버릴지도 모른다는 데 생각이 이르면 머리의 혈관은 수만 볼트의 전류로 충전되고 ……

방문객은 갑자기 사라졌다. 아버지와 나는 동시에 3인용 식탁의 비어 있는 자리를 바라보았다. 빈 테이프는 다시금 스륵스륵 돌아갔다. 나는 컵에 마저 물을 따랐다.

그것이 오빠의 목소리라는 것을 깨닫는 데는 조금 시간이 걸렸다.

재생되어지는 소리는 다 그런 걸까. 오빠의 목소리는 마치 망자의 혼백처럼 먼 곳에서부터, 그러나 이상한 절박감으로 우리

긴박감(緊迫感) 매우 다급하고 절박한 느낌.
유희(遊戲) 즐겁게 놀며 장난함. 또는 그런 행위.
✤ 인기척도 없이 누군가 ~ 방문객은 갑자기 사라졌다 "누군가 성큼 부엌 안으로 들어섰다."는 것은 실제로 누군가가 들어온 것이 아니라 음악이 끝나고 남은 빈 테이프에서 녹음된 목소리가 흘러나와서 마치 누군가 들어온 것처럼 느껴졌다는 것이다. 그 다음에 이어지는 단락은 테이프에 녹음된 목소리가 말하는 내용이다. 또한 "방문객은 갑자기 사라졌다."는 녹음된 내용이 끝나 더 이상 목소리가 흘러나오지 않자, 앞서 착각했던 '방문객'이 사라진 것이라고 표현한 것이다.
망자(亡者) 망인(亡人). 죽은 사람.
혼백(魂魄) 넋.
절박감(切迫感) 어떤 일이나 시기가 가까이 닥쳐, 여유가 없이 다급한 느낌.

에게 찾아왔다.

오빠는 종종 자신이 쓴 글을 녹음해서 들어 보는 버릇이 있었다. 그러나 뒤처리는 항상 깨끗했기에 미처 지우지 못하고 남긴 부분이 있으리라는 생각은 할 수 없었다.

"불을 켤까요?"

스륵스륵 돌아가던 테이프가 다 감기고 털거덕 멈춤 스위치가 튕겨 오르자 나는 갑작스러운 어둠에 눈을 껌벅이며 한결 조심스러운 어투로 아버지에게 물었다.

불을 켜자 남포 모양의 갓을 씌운 전등 빛으로 식탁은 느닷없이 튀어 오르고 냉장고, 그릇장, 갈포를 바른 벽은 마치 암전된 무대의 소도구들처럼 갓그늘 뒤로 사라졌다.

아버지는 물로 우우 입가심을 한 뒤 방에 들어가 화투를 들고 나왔다. 그러고는 내가 식탁을 치우는 동안을 참지 못해 탁탁 신경질적으로 화투를 치기 시작했다.

둥근 불빛 아래 부얼부얼한 털스웨터에 싸인 두꺼운 어깨가 벽에 거대한 그림자를 만들었다.

남포 남포등(--燈). 석유를 넣은 그릇의 심지에 불을 붙이고, 바람을 막기 위하여 유리로 만든 등피를 끼운 등.
갈포(葛布) 칡 섬유로 짠 베.
암전(暗轉) 연극에서, 무대를 밝히는 조명을 꺼 어둡게 하는 것을 말한다. 그 상태에서 무대 장치나, 소도구, 장면 등을 바꾼다.
소도구(小道具) 연극이나 영화 따위에서, 무대 장치나 분장에 쓰는 작은 도구류를 통틀어 이르는 말.
부얼부얼하다 살이 찌거나 털이 복슬복슬하여 탐스럽고 복스럽다.

"다 저물었는데 뭘 하러 재수 패는 떼어요?"

와락와락 그릇을 씻으며 나는 물었다.

"저물었대도 끝난 건 아니잖느냐."

끝나지 않다니요! 무엇이요! 속으로 반문하면서도 예사로운 말투에서 예사롭지 않은 암시를 캐내려는 이쪽의 과민성이 우스워졌다.

씻은 그릇을 찬장에 넣고 앞치마를 벗으며 돌아서자 아버지는 늘어놓았던 화투 패를 모두었다.

"뭐가 떨어졌어요?"

"손님이야."

아버지는 심드렁하게 내뱉었다.

"과일을 깎을까요?"

"커피를 마시겠어."

아버지의 치켜뜬 눈에서 조바심이 번뜩였다. 어서 내가 앉기를 바라는 것이다. 나는 찻물을 불에 얹고 마주 앉았다.

"너부텀 하랴?"

✤ 재수 패는 떼어요 '재수 패를 뗀다'는 것은 화투로 재수가 좋을지 나쁠지를 알아보는 것을 뜻한다. '재수(財數)'는 '재물이 생기거나 좋은 일이 있을 운수'를 이른다.
예사롭다(例事--) 1. 흔히 있을 만하다. 2. 늘 가지는 태도와 다른 것이 없다.
과민성(過敏性) 감각이나 감정이 지나치게 예민한 특성.
모두다 추려서 한데 모으다.
떨어지다 문맥상 '화투 패로 어떤 점괘가 나타나다'의 뜻으로 쓰임.
심드렁하다 마음에 탐탁하지 아니하여서 관심이 거의 없다.
조바심 조마조마하여 마음을 졸임. 또는 그렇게 졸이는 마음.

"어딜요, 선(先)을 봐야죠."

나는 아버지가 쌓아 놓은 화투를 듬뿍 떼었다. 매화 다섯 끗이 나왔다. 아버지가 흑싸리 껍질을 들어 보이며 내게 화투를 밀어 놓았다. 이미 두껍게 부풀어 오른 마흔여덟 장의 화투는 한 손 가득 잡혔다. 낡을 대로 낡아 처음의 그 차르륵 쏟아지는 신선한 감촉은 없이 눅눅하고 끈끈하게 손바닥에 달라붙었다.

"고루 쳐야 한다. 재수를 봤으니 한 덩어리로 뭉쳐 있을 게야……. 그만 쳐, 너무 치면 도로 제자리로 가 버린다니깐."

나는 우선 아버지와 내 앞에 한 장씩 차례로 나눠 놓는 것으로 쓸데없는 껍데기가 겹쳐 들어올 것을 겁내는 아버지의 조바심을 풀었다.

"물이 끓는다."

아버지는 자신의 몫인 열 장이 다 모일 때까지 뒤집혀진 채로의 화투에 손을 대지 않는다.

주전자 주둥이로 쉭쉭 물이 넘쳤다.

나는 화투장을 놓고 준비해 둔 두 개의 찻잔에 물을 부었다. 스푼으로 젓는 동안 아버지는 뒤집혀진 내 패를 훔쳐보고 있을 것이다.

선(先) 화투를 칠 때, 패를 돌리고 먼저 패를 떼는 사람. 보통 앞 판에서 이긴 사람이 선이 된다. 여기에서 "선을 봐야죠."는 '선을 정해야죠'라는 의미이다.
끗 화투나 투전과 같은 노름 따위에서, 셈을 치는 점수를 나타내는 단위.
껍데기 화투에서, 끗수가 없는 패짝.

"내겐 사카린을 넣어라."

"알고 있어요."

아버지는 그러한 주의를 주지 않더라도 내가 설탕을 넣지 않으리라는 것을 물론 알고 있다. 단지 내 것을 훔쳐보는 손의 움직임을 은폐하려는 시늉일 뿐이었다.

아버지는 정기적으로 인슐린을 주사해야 하는 중증의 당뇨병 환자이다. 고유의 처방으로 비약(秘藥)을 장복해도 아침마다 변기에는 누렇게 거품 이는 당질(糖質)의 소변이 괴어 있었고 아버지는 그곳에 우울한 얼굴로 검사용 테이프의 끝을 담그곤 했다.

찻잔을 들고 식탁에 돌아와 내 몫의 화투를 거둬 쥐는 것을 보고야 아버지는 자신의 것을 모두어 쥐고 낡은 부채를 펴듯 조심스럽게 한 장씩 펴 나갔다. 아버지의 입가로 만족한 웃음이 지나갔다. 식탁에는 여덟 장의 화투가 현란하게 깔려 있다.

사카린(saccharin) 톨루엔을 원료로 하여 만든 인공 감미료. 무색의 고체로, 단맛이 설탕의 500배 정도로 강해서 설탕 대용으로 쓰인다.
은폐(隱蔽) 덮어 감추거나 가리어 숨김.
인슐린(insulin) 탄수화물 대사를 조절하는 호르몬 단백질. 몸 안의 혈당량을 적게 하는 작용을 하므로 당뇨병의 증세를 완화·치료하는 약으로 쓰인다.
중증(重症) 아주 위중한 병의 증세.
당뇨병(糖尿病) 소변에 당분이 많이 섞여 나오는 병. 당분을 분해하는 효소인 인슐린이 부족하여 생기는 것으로 소변량과 소변보는 횟수가 늘어나고, 갈증이 나서 물을 많이 마시게 되며, 전신 권태가 따르는 한편 식욕이 좋아진다.
고유(固有) 본래부터 가지고 있는 특유한 것. 여기에서는 '자신만의' 정도의 의미로 쓰임.
비약(秘藥) 1. 남에게 알려지지 아니한 처방으로 지은 약. 2. 매우 효력이 좋은 약.
당질(糖質) 당분(糖分)이 들어 있는 물질.

"낙양은 꽃밭이로고. 밭이 암만 걸어도 뿌릴 씨가 없으니 어쩐다?"

아버지가 곁눈질로 내 패를 흘깃거렸다. 나도 화투장을 움켜쥔 채 단단히 진을 친 아버지의 것을 넘겨다보았다. 굳이 넘겨다볼 것까지도 없었다. 뒷면만을 보아도 무슨 패인지 환하게 알 수 있는 것이다.

아버지도 역시 마찬가지일 것이다. 가로로 비스듬히 금이 가 있는 것은 난초 다섯 끗, 왼쪽 귀퉁이가 둥글게 닳은 것은 목단 껍질, 오른쪽 모서리가 갈라진 것은 멧돼지가 그려진 붉은 싸리 열 끗이다. 뒤집어 들고 있는 것보다 그림이 그려진 앞면을 서로 상대방에게 보이는 것이 속임수가 가능할 만큼 아버지와 나는 화투장의 뒷면에 익숙해져 있는 것이다.

"단, 약, 칠띠, 사광 모두 보기다."

"물론이죠."

청띠를 두른 목단 다섯 끗도 단풍 열 끗도 쥐고 있는 아버지

낙양(落陽) 저녁때의 햇빛. 또는 저녁때의 저무는 해.
암만 아무리.
걸다 흙이나 거름 따위가 기름지고 양분이 많다.
✤ 낙양은 꽃밭이로고 ~ 뿌릴 씨가 없으니 어쩐다 아버지가, 바닥에 깔린 패는 좋은데 자신이 들고 있는 패로는 그것을 거두어 올 수 없다고 엄살을 피우고 있는 것이다.
목단(牧丹) 모란.
싸리 콩과의 낙엽 활엽 관목. 높이는 2~3미터이며, 잎은 세 잎이 나온다. 7월에 짙은 자색의 꽃이 피고, 열매는 10월에 익는다.
✤ 단, 약, 칠띠, 사광 모두 보기다 단, 약, 칠띠, 사광은 화투 놀이에서 점수를 올릴 수 있는 패 모음이다. "모두 보기다"란 이들을 모두 게임 규칙으로 인정한다는 의미인 듯하다.

의 눈이 머물고 있는 것은 깔려 있는 팔공산˚ 스무 끗이다. 그리고 얌전히 엎어져 들춰 줄 것을 기다리는 것은 역시 공산 껍질이다. 댓바람에 스무 끗을 내놓고 껍질을 뒤집어 맞춰 쓸어 가기가 민망해서 음흉˚을 부리고 있는 것이다. 아버지는 늘 그랬다. 한참 궁리 끝에 정말 이렇게 팔 수밖에˚ 없다는 듯 억울한 얼굴로 공산 스무 끗을 내놓고 뒷장을 맞춰 쓸어 갔다.

"벌써, 스무 끗이네. 아버진 배짱이 좋으셔, 사광을 하실래요?"

나는 염치를 배짱으로 바꿔 말했다.˚ 아버지가 어린아이처럼 입을 벌리고 천진하게 웃었다.

나는 풀썩 던지듯 붉은 싸리 다섯 끗을 먹었다.

"칠띠를 하겠구나."

"이제 하난걸요. 어디 맘대로 되나요. 든 게 없는걸요."

하지만 단풍을 깨뜨리고 아버지가 들고 있는 목단 청띠를 내놓게 해야지, 그런대로 삼약을 깨든가 아니면 해야 한다는 계산으로 머릿속은 바빴다.

"천 끗 내기를 하랴?"

"좋지요."

팔공산(八空山) 화투에서, 빈산의 모양이 그려져 있는 화투장. 8월이나 여덟 끗을 나타낸다.
음흉(陰凶) 겉으로는 부드러워 보이나 속으로는 엉큼하고 흉악함.
✤ 팔 수밖에 (자기가 가진 패를) 내놓을 수밖에.
✤ 나는 염치를 배짱으로 바꿔 말했다 '나'는 아버지가 염치 없이, 즉 상대방 생각도 하지 않고 패를 쓸어 간 것을 놓고 배짱이 좋다고 좋게 말씀해 드렸다는 뜻이다.

가을이 깊어지고 밤이 길어지면 천 끗 내기 정도로야 어림도 없을 것이다.

머리 위에서 자박자박 발소리가 들려왔다. 이어 칭얼대는 아이의 울음소리와 그것을 달래는 여자의 웅얼거리듯 낮은 자장가 소리가 들려왔다.

창은 먹지를 댄 듯 새카맣고 불빛 아래 아버지와 나는 어둠속으로 한없이 가라앉고 있다는 느낌이 들었다. 우리는 마치 먼 옛날부터 이렇게 식탁을 마주하고 앉아 화투 놀이를 해 왔던 것 같다. 그 이전의 기억은 마치 유년 시절의 꿈처럼 현실과 공상이 뒤섞여 멀고 아리송했다. 패가 막히거나 제대로 풀리지 않으면 일단 변소를 다녀오는 노름꾼의 풍속대로 오빠는 자기의 패를 점쳐 보기 위해 슬그머니 자리를 뜬 것이 아닐까.

"밤에 우는 건 나빠, 애들이 극성을 떨면 꼭 집안에 좋지 않은 일이 생기거든."

"저도 몹시 울었다면서요?"

수국 껍질을 모아들이며 나는 아버지의 말을 받았다.

잘 자라, 내 아기 밤새 편히 쉬고 아침이 창 앞에 다가올 때까지.

"네 어민 목청이 좋았었지."

그건 사실이었다. 유치원 보모였다는 어머니는 퍽 많은 노래

먹지(-紙) 한쪽 또는 양쪽 면에 검은 칠을 한 얇은 종이.

저녁의 게임

를 알고 있었고 목소리가 고왔던 만큼 노래 부르기를 즐겨했다.

자장자장 우리 아가, 금자둥이 은자둥이 구슬 같은 눈을 감고 별빛 같은 눈을 감고 꿈나라로 가거라.

"네 차례다."

아버지도 역시 노랫소리에 귀를 기울이고 있었던 듯 문득 짜증스럽게 말했다. 지붕 위에서 여자는 결코 서두르는 법 없이 메트로놈의 움직임처럼 정확하게 베란다의 한쪽 난간에서 다른 한쪽 난간 사이를 오가고 있었다.

넉 달 전인가 새로 이층에 세를 들어온 그 여자를 본 것은 손가락으로 꼽을 수 있을 정도였다. 이층으로 올라가는 계단은 바깥쪽으로 나 있고 또 세를 든 사람은 샛문을 이용하게 되어 있기 때문에 부딪칠 일이 거의 없었던 것이다. 그러나 잠투정이 심한 아이는 초저녁부터 울어 대기 시작하고 우리가 화투를 치고 있는 동안 밤이 깊을 때까지 그 여자는 낮고 단조로운 노래로 우는 아이를 달래며 이층의 베란다, 우리들의 머리 위에서 발소리를 내는 것이었다.

손 안에 남은 석 장의 화투를 차례로 더듬다가 아버지가 들고 있는 홑 끗짜리 오동을 흘겨보며 오동 열 끗을 팽개치듯 내놓았다.*

메트로놈(metronome) 시계추의 원리를 이용하여 음악의 박자나 빠르기를 측정하는 기구.
✽ 손 안에 남은 석 장의 화투를 ~ 오동 열 끗을 팽개치듯 내놓았다 '나'가 아버지의 패를 알고 있으면서도 모르는 척하면서 패를 내주어 아버지에게 일부러 져 주는 것이다.

기다렸다는 듯 얼른 그것을 가져가며 아버지는 희희낙락˙ 엉구렁˙을 떨었다.

"첫 끗발이 개 끗발이라더니˚……."

"첫술에 배부를까요."

"불빛이 흐리구나, 트랜스˙를 써야 할까 부다."

"시력이 나빠지신 탓일 거예요."

아버지와 나는 낡고 너덜너덜해진 각본으로 끊임없이 연극을 하고 있었다.˚

"여태 뭘 하고 있었담. 밑천˙은커녕 약값도 못 대겠어˚."

나는 팔을 뻗어 아버지가 벌어놓은 끗수를 헤아렸다. 아버지가 질겁˙을 하며 손을 치웠다.

"끝나기도 전에 남의 밥을 보는 법이 어디 있니. 나도 한 게 아무것도 없다."

"파장˙인데 어때요. 난 손 털었어요.˚"

희희낙락(喜喜樂樂) 매우 기뻐하고 즐거워함.
엉구렁 '엄살'의 방언.
끗발 노름 따위에서, 좋은 끗수가 잇따라 나오는 기세.
✤ 첫 끗발이 개 끗발이라더니 화투 패가 처음에 잘 풀리면 나중에는 잘 안 풀린다는 뜻이다.
트랜스(transformer) 변압기. 전압을 높이거나 낮추는 장치.
✤ 아버지와 나는 낡고~연극을 하고 있었다 서로의 속마음이나 말의 의미를 뻔히 알고 있으면서도 모르는 척하면서, 계속해서 같은 행동을 반복해서 하고 있다는 뜻이다.
밑천 어떤 일을 하는 데 바탕이 되는 돈이나 물건, 기술, 재주 따위를 이르는 말.
✤ 밑천은커녕 약값도 못 대겠어 화투 친 결과가 아주 좋지 않다는 뜻이다.
질겁(窒怯) 뜻밖의 일에 자지러질 정도로 깜짝 놀람.
파장(罷場) 여러 사람이 모여 벌이던 판이 거의 끝남. 또는 그 무렵.
✤ 난 손 털었어요 화투 치기를 마쳤다는 뜻이다.

마지막 패를 내밀자 아버지는 사쿠라 열 끗을 호기롭게 던지며 판을 쓸었다.

"손에 든 게 없으면 선도 말짱 헛거라니까요. 뒷장도 이렇게 안 맞을까."

나는 종이에 끗수를 적어 넣고 화투장을 모아 아버지 앞에 밀어 놓았다. 그리고 아버지가 화투를 섞는 동안 마루에 놓인 텔레비전을 틀었다. 화면은 연기가 낀 듯 흐릿하고 분주히 움직이는 사람들의 모습이 그림자처럼 잠깐 머뭇거리다가 사라졌다.

"전압이 낮아서 제대로 나오지 않는 거야. 대체 또 무슨 일이 일어났다는 거냐."

"영아원에 불이 났대요, 어린애들이 죽었다는군요."

"죽일 놈들, 오래 사는 게 욕이야."

아버지의 목소리에 생기가 돌았다.

"그게 어디 우리 탓인가요?"

나는 아버지의 목소리를 억누르듯 이 사이로 낮게 말했다. 정말 그게 우리 탓인가. 아가 아가 우리 아가 금자둥아, 은자둥아, 어머니는 꽃핀을 꽂고 노래를 불렀다. 네 엄마에게 다산은

사쿠라 '벚꽃'을 뜻하는 일본어.
호기롭다(豪氣--) 1. 씩씩하고 호방한 기상이 있다. 2. 꺼드럭거리며 뽐내는 면이 있다.
영아원(嬰兒院) 젖먹이 또래의 아이들을 보호, 양육하는 기관.
다산(多産) 아이 또는 새끼를 많이 낳음.

무리였어. 아주 조그만 여자였거든.

"보세요, 화투가 끼였잖아요?"

비닐막이 반 넘게 갈라진 틈에 낀 또 하나의 화투장을 가리키며 나는 조금 날카롭게 말했다.

"너무 오래 썼거든. 새걸로 바꿔야겠어."

아버지가 화투를 빼내며 히죽 웃었다. 동자혼(童子魂)이 썬거라더군. 말도 안 되는 소리예요. 그 엉터리 기도원에 두는 게 아니었어요. 전도사도 박수도 아닌 사내는 어머니를 복숭아 가지로 후려쳤다. 살려 줘, 아가 날 살려 줘, 집에 돌아와서도 어머니는 복숭아 가지의 공포에서 헤어나지 못했다.

네 아버지의 생활이 문란해서 그런 거야. 머리통이 물주머니처럼 무르고 크게 부풀어 오른 갓난아기를 가리키며 어머니는 조숙한 중학생이었던 오빠에게 노래하듯 말했다. 책가방의 끈이 끊어져 퉁퉁 골이 나서 집에 돌아왔을 때 어머니는 햇빛이 드는 창가에 거울을 놓고 앉아 머리를 빗고 있었다. 아기는? 내가 묻자 어머니는 고드름처럼 차가운 손가락을 목덜미에 얹으

동자혼(童子魂) 죽은 남자아이의 혼령.
박수 남자 무당.
✣ 전도사도 박수도 아닌 사내는 어머니를 복숭아 가지로 후려쳤다 예로부터 복숭아나무와 복숭아는 귀신을 쫓는다고 믿어져 왔는데, 기도원의 사내는 어머니에게 귀신이 씌었다고 하며 그 귀신을 쫓기 위해 복숭아나무 가지로 어머니를 때린 것이다.
문란하다(紊亂--) 도덕, 질서, 규범 따위가 어지럽다.
조숙하다(早熟--) 나이에 비하여 정신적·육체적으로 발달이 빠르다.
골 비위에 거슬리거나 언짢은 일을 당하여 벌컥 내는 화.

며 말했다. 인형을 사 줄게.

병원에서 호송차˚가 왔을 때 어머니는 식탁 아래로 기어들었다. 아가, 난 싫어. 무서워, 날 데려가지 못하게 해 줘. 호송인들에게 반짝˚ 들려 나가며 내가 안 보일 때까지 고개를 비틀어 돌아보면서 소리쳤다. 왜 웃어, 왜 웃어. 심한 짓을 했다고 생각지 않으세요? 모르는 소리야, 달리 무슨 수가 있었겠니. 넌 아직 어렸고 또 무슨 일을 저지를지 몰랐어. 갓난애도 그렇게 없애지 않았니? 넌 마치 네 엄마가 그렇게 된 게 모두 내 탓이라는 투로구나. 잘 보살펴 드릴 수도 있었어요. 외려˚ 네 엄마에겐 그곳이 편한 곳이야. 친구들도 있고 가족이란 생각하듯 그렇게 대단한 건 아니야. 너부터도 내심 네 엄마를 가까이서 보지 않아도 된다는 걸 다행스럽게 생각하고 있지 않니? 그전에 번번이 네 혼담˚이 깨지던 것도 어미 탓이라고 원망했을걸. 나는 이마를 찡그렸다. 아버지는 화투장 뒷면에 가로질린 금을 손톱으로 긁어 지우려는 헛된 노력을 하고 있었다.

"어서 나누세요."

"그러자꾸나."

아버지가 한 장씩 화투를 나누었다.

호송차(護送車) 목적지까지 보호하여 데려가기 위한 차량.
반짝 물건을 아주 가볍게 들어 올리는 모양.
외려 '오히려'의 준말.
혼담(婚談) 혼인에 대하여 오가는 말.

그런 기미는 너를 낳을 때부터 보였지. 온전했던 건 네 오빠 때뿐이었어.

"뭐 좀 할 만하니?"

비 스무 끗을 젖혀 맞추며 아버지가 나를 건너다보았다.

"고름이 살 되겠어요?"

송학을 집어 오며 나는 문득 귀를 기울였다. 들판 건너에서 휘파람 소리가 들리는 듯했다. 어쩌면 바람결에 묻어오는 마른 꽃 냄새가 코끝에서 감지되는 듯도 했다. 그럴 리가 없어. 나는 고개를 가로저었다.

"왜, 영 신통치가 않니?"

"천만에요."

그 애가 휘파람 소리로 나를 찾아오던 것이 십 년 전의 일인가 아니면 그보다 더 오랜 꿈속의 일인가. 늦은 밤 들판을 가로질러 오는 휘파람 소리에 문을 열고 나가면 그 애는 마른 꽃 냄새를 풍기며 서 있었다. 그 애가 오지 않게 되면서부터 나는 종종 자운영이 핀 논둑길을 열아홉 살 그 애와 나란히 걷는 꿈을 꾸었다. 대개 잠옷 차림에 머리에는 붉은 리본을 묶고 있었는데 늘 바람

기미(幾微/機微) 낌새.
✤ 고름이 살 되겠어요 '고름이 살 되랴'는 '이미 그릇된 일이 다시 잘될 리 없다'는 말로, 여기에서는 화투 패가 좋지 않아 점수를 낼 수 없을 것 같다는 의미로 쓰였다.
송학(松鶴) 소나무와 학이 그려져 있는 화투장.
감지되다(感知--) 느끼어 알게 되다.
자운영(紫雲英) 콩과의 두해살이풀. 봄에 자줏빛 또는 흰색의 꽃이 핀다.

저녁의 게임

이 불고 어디선가 흐릿한 꽃 냄새가 풍겼다. 벗은 채로인 발바닥 아래에서 부드러운 흙이 갯지렁이처럼 미끄럽게 꿈틀거렸다. 종달새 소리가 자욱이 눈 위로 덮이어 그 애는 눈을 껌벅이며 내게 말했다. 리본이 안 어울려요. 그래, 나는 붉은 리본을 달기에는 너무 나이를 먹었어. 어린애처럼 붉은 리본으로 묶는 것은 미치광이나 창부뿐이지. 나는 아버지의 손가락 사이에서 팔랑개비처럼 돌아가는 사쿠라를 보았다.

"굳은자를 가져가는 거야."

"그렇게 사정없이 몰아가면 전 뭘 먹으란 말이에요?"

오빠는 어딜 가 있을까요. 그 녀석 얘기는 꺼내지도 마라. 아버지는 버럭 화를 내었다. 그 녀석이 생기기 전까지는 모든 것이 순조로웠어. 아버지는 둘이서 하는 화투가 셋이서 하는 것보다 재미가 덜하다는 것 때문에 오빠의 부재를 노여워하는 걸까. 더러운 게임이야. 오빠가 어느 날 갑자기 식탁을 떨치고 일어나 팽팽하게 당겨진 줄의 한끝을 놓아 버렸을 때 삼각의 구도는 깨지고 아버지와 나는 균형을 잃은 힘의 반동으로 형편없이 비틀거렸다.

나도 오빠처럼 훌쩍 나가 버릴 수가 있을까. 침몰하는 선체에서 구명조끼를 입고 결사적으로 탈출하듯 그렇게 달아나 버릴

굳은자 굳짜. 누가 가지게 될 것인지가 정해져 있는 물건.
부재(不在) (그곳에) 있지 아니함.
반동(反動) 1. 어떤 작용에 대하여 그 반대로 작용함. 2. 반작용(反作用).

수 있을까. 나는 매조를 먹을까 칠띠를 깨뜨릴까에 긴장되어 있는 아버지의 얼굴을 새삼스럽게 바라보았다. 좁고 긴 얼굴, 매처럼 구부러진 코끝은 볼의 살이 빠짐에 따라 더욱 길게 늘어져 보였다. 아가, 날 데려가 다오. 여긴 무섭고 쓸쓸하단다. 그러나 어디나 마찬가지예요. 화투는 아버지의 손에서 내 손으로 옮겨 갔다.

"개 발에 땀 날 때가 있구나."

거푸 두 판을 이기자 아버지는 심술 난 얼굴로 야비하게 이죽거렸다.

나는 되도록 화투장에 눅눅히 배어 있는 온기를 의식지 않으려고 빨리빨리 손을 놀렸다. 아버지의 손에서는 늘 땀이 질척거렸다.

마지막 패인 국진 껍데기를 맥없이 내던지자 아버지는 호기롭게 화투장을 그러모았다.

"옛다, 사광이다. 넌 뭘 하고 있었니."

나는 종이에 아버지의 득점을, 그 무의미한 숫자를 기입했다.

매조(梅鳥) 매화와 새가 그려진 화투장.
✤ 개 발에 땀 날 때가 있구나 '개 발에 땀 나다'는 땀이 잘 나지 않는 개 발에 땀이 나듯이, 해내기 어려운 일을 이루기 위하여 부지런히 움직임을 이르는 말이다.
이죽거리다 '이기죽거리다'의 준말. 자꾸 밉살스럽게 지껄이며 짓궂게 빈정거리다.
국진(菊-) 국화가 그려진 화투장.
✤ 그 무의미한 숫자 아버지가 '나'와 화투를 치며 얻은 점수. 아버지의 점수가 무의미하다는 것에는, '나'가 일부러 져 주는 것을 아버지도 알면서도 모르는 척하며 친 화투이기 때문이기도 하고, 점수를 얻어 보아야 어떤 보람이 있는 것도 아니라는 두 가지 의미가 있다.

텔레비전에서 10시 '행복의 쇼' 프로가 시작되었다. 아버지의 끗수가 천을 넘자 나는 화투판을 거두었다.

"약을 잡수셔야죠."

나는 탁자 모서리를 잡고 비틀거렸다.

"왜 그러니?"

화투장을 놓은 아버지는 한층 더 늙고 음울해 보였다.

"좀 어지러워서 그래요."

먼 데서 휘파람 소리가 들렸다. 싸르륵싸르륵 머릿속의 혈관이 텅텅 비어 가는 듯한 악성 빈혈의 한 증상이라는 환청은 늘 휘파람 소리였다.

"어느 몹쓸 놈이 밤중에 휘파람을 부나. 망할 세상이야. 어서 집들이 들어서야지. 온갖 뜨내기 불량배들이 득시글거리니……."

아버지의 손이 버릇처럼 화투에 가 닿았다. 그러다가 문득 손에 가 닿는 내 눈길을 의식하며 슬그머니 움츠려 주머니에서 힘겹게 종잇조각을 내놓았다.

"이걸 봐라, 벌써 며칠째나 편지함에 있던 거다. 제 날짜에 안 내면 괜한 돈을 더 물게 된다는 걸 알잖니. 일이란 그때그때 처리해야 뒤탈이 없는 거야. 웬 전기세가 이렇게 많이 나

환청(幻聽) 실제로 나지 않는 소리가 들리는 것 같은 현상. 또는 그 소리.
✤ 어느 몹쓸 놈이 밤중에 휘파람을 부나. 망할 세상이야 전통적으로, 밤에 휘파람을 불면 뱀이나 귀신이 나타난다는 속설이 있기 때문에 아버지가 이런 말을 한 것이다.

왔는지 모르겠다. 전기는 쓰기에 따라 얼마든지 절약할 수도 있어."

아버지는 언젠가 전기세 가산료를 물었던 것을 또 들추어내는 것이다.

"냉장고는 벌써부터 안 돌리잖아요."

괜한 짓이다, 생각하면서도 나는 화가 나서 조금 떨리는 목소리로 대꾸했다.

전기세 고지서가 며칠째 편지함에서 자고 있었다는 건 아버지의 억지다. 아버지는 최소한 하루에 열 번쯤은 우편함을 열어 보는 것이었다. 한 달에 한 번씩 날아오는 전기나 수도세 고지서 외에는 결코 어떠한 편지도 담겨 본 적이 없는 늘 배고픈 듯, 텅텅 입을 벌리고 있는 우편함 앞에서 공연한 손짓으로 서성이는 아버지를 나는 공범끼리의 적의와 친밀감으로, 그리고 언제든 준비되어 있는 배반감으로 몰래 지켜보지 않았던가.

아버지는 고지서를 식탁의 모서리에 던져 놓고 당당히 화투를 잡았다. 그러고는 피라미드형으로 늘어놓기 시작했다. 나는

가산료(加算料) 가산요금(加算料金). 제때 내지 않아 추가로 내는 요금.
공연하다(空然--) 아무 까닭이나 실속이 없다.
공범(共犯) '공동 정범(共同正犯)'을 줄여 이르는 말. 범죄 구성 요건에 해당하는 행위를 공동으로 실행한 사람. 또는 그 행위.
❇ 나는 공범끼리의 적의와 ~ 몰래 지켜보지 않았던가 아버지가 우편함에서 서성이는 것은 오빠의 소식이 오기를 기다리는 것인데, '나'는 한편으로는 오빠가 돌아오기를 기다리는 마음이 있으므로 그러한 아버지에게 '공범끼리의 적의와 친밀감'을 느끼기도 하지만, 다른 한편으로는 아버지가 중심이 된 가족관계를 싫어하고 있으므로 오빠가 돌아오지 말기를 바라는 배반감(아버지에 대한)도 느끼는 것이다.

맞은편에 턱을 받치고 앉아 늘어놓는 화투장을 하나씩 젖혀 가는 아버지의 손을 바라보았다. 아버지는 화투 하나를 가지고 혼자서 할 수 있는 온갖 게임을 다 알고 있었다.

"뭐가 떨어졌어요?"

"님이 떨어지고 산보가 떨어졌다.*"

아버지가 문득 다정하게, 그러나 음침하게 빛나는 눈으로 나를 바라보았다.

"아직도 어지럽니? 피곤해 뵈는구나. 들어가 자거라."

빈 들을 질러오는 휘파람 소리는 어둠을 뚫고 더욱 명료하게 들려왔다. 아무래도 화투를 새걸로 한 벌 장만해야지, 패를 알고 하는 게임은 재미가 없어.

자박자박 여자의 발소리는 머리 위에서 잠시 머물다가 멀어져 갔다.

"밤새 업고 재울 모양이군. 버릇이 고약하게 들었어."

나는 커다랗게 하품을 하며 눈을 비볐다.

"먼저 들어가겠어요. 약은 여기 있으니 드시고 너무 늦게 계시지 마세요. 문단속은 제가 할게요."

나는 쿵쿵 발소리를 내며 화장실로 들어갔다. 물을 세차게 틀

✤ 님이 떨어지고 산보가 떨어졌다 아버지가 화투로 재수 패를 떼어 보니 '님'과 '산보'라는 운수가 나왔다는 것을 표현한 말이다. 그러나 다른 한편으로는 '나'가 이제 바깥으로 나가서 '님'을 만나고 올 것이라는 사실을 아버지가 이미 눈치채고서 그것을 빗대어 표현한 말이기도 하다.
음침하다(陰沈--) 성질이 명랑하지 못하고 속으로는 엉큼한 데가 있다.

어 오래오래 손을 씻었다. 그러고는 아버지가 뒤를 돌아보거나 하는 일이 결코 없으리라는 것을 알면서도 부엌에서 내비치는 불빛을 피해 발소리를 죽이며 벽에 몸을 붙이고 걸었다.

현관문은 소리 없이 열렸다. 몇 개의 디딤돌을 하나씩 건너뛰며 대문을 나왔다. 아직도 자장가를 웅얼거리며 이층의 베란다를 서성거릴 여자의 눈길이 어디쯤 가 있을까에 조바심을 치며 담을 끼고 걸었다.

들판이 끝나는 곳, 밋밋한 언덕배기의 주택 공사장에서는 밤일을 하는지 군데군데 화톳불이 타오르고 있었다. 겨울이 오기 전 마쳐야 할 공사를 서두르고 있는 걸까.

나는 되도록 화톳불과 쓸쓸하게 매달린 알전구의 불빛을 멀찌감치 피해 가며 걸음을 재촉했다.

반쯤 지어진 집의 곁, 머리 높이까지 쌓여진 시멘트 벽돌과 모래 더미 사이에 그는 서 있었다.

"기다리고 있었지. 좀 늦었군."

먼발치에서부터 나를 보고 있었던 듯 그는 쳐다보지도 않고 발부리로 모래 더미를 쑤셔 대며 말했다.

"어제와 마찬가진걸."

나는 베일 속에서 말하듯 낮게 소곤거렸다.

화톳불 집채의 바깥에 장작 따위를 모으고 질러 놓은 불.
알전구(-電球) 갓 따위의 가리개가 없는 전구. 또는 전선 끝에 달려 있는 맨전구.

"올 것 같아 일부러 일을 일찍 끝냈지."

그의 목소리에는 술기가 묻어 있었다. 이슬이 내리는 걸까. 이내 축축한 한기가 배어들었다. 그가 잠시 어찌해야 좋을지 모르는 듯 손을 잡았다. 손의 안쪽 마디마다 박인 못이 쇳조각처럼 딱딱했다. 크고 단단한 손이었다. 낮이라면 아마 대단히 더럽고 거칠게 보이는 손일 것이다.

"여긴 춥다구. 집이 비어 있어. 야방은 한참 술집에서 노닥거리는 중이야."

술기에도 불구하고 흥분 때문인지 그는 떨고 있었다.

그의 손바닥에는 축축이 땀이 차기 시작했다. 나는 손을 잡힌 채 깨진 시멘트 벽돌과 각목 토막들을 밟으며 집으로 들어갔다. 제기랄, 그는 상스럽게 내뱉었다.

"뭐가?"

"배선 공사가 안 됐어."

그러나 안은 두 벽에 반 넘게 차지한, 틀만 짜 넣은 창문과 뚫린 지붕으로 그닥 어둡지 않았다. 그가 대팻밥과 각목 토막들을 발로 지익지익 밀어 치워 자리를 내었다.

술기(-氣) 술기운. 술에 취한 기운.
한기(寒氣) 추운 기운.
못 주로 손바닥이나 발바닥에 생기는 단단하게 굳은 살. 물건과 접촉할 때 받는 압력으로 살갗이 단단하게 된다.
야방(夜防) 밤에 건설 현장을 지키는 경비. 주로 건설 노동자들이 쓰는 말이다.
배선(配線) 전력을 쓰기 위하여, 전선을 끌어 장치하거나 여러 가지 전기 장치를 전선으로 연결하는 일.

딱딱한 손이 스웨터 소매로 파고들었다. 그는 떨고 있었다. 그리고 그 흥분을 부끄러워하듯 몹시 성급하게 서둘렀다. 두 개째의 스웨터 단추를 벗기는 데 실패하자 그는 거칠게 스웨터를 목까지 걷어 올렸다. 나는 숨을 죽이고 있었지만 다리 안쪽에 오스스 소름이 돋았다. 겨드랑이까지 드러난 맨살에 시멘트 바닥이 아프도록 차가워 등을 옴츠렸다. 그가 작업복 윗도리를 벗어 등에 받쳤다. 뚫린 하늘에서 크고 맑은 별들이 눈 위로 내려앉았다. 밤의 어둠 속에서는 늘 마른 꽃 냄새가 났다. 안드로메다, 오리온, 카시오페이아, 큰곰……. 너는 무슨 별자리니, 전갈좌. 당신은 벽이 두껍고 조그만 창문이 있는 주택을 갖게 되며 카섹스를 즐깁니다. 수줍고 내성적이나 항상 로맨틱한 사랑을 꿈꿉니다.* 꽃이 안 어울려요. 그래 꽃을 꽂기에는 너무 늙었어. 미친 여자나 창부가 아니면 머리에 꽃을 꽂지 않지.

"날이 추워지는군. 더 추워지면 한데서는 안 돼. 공사가 끝나려면 보름은 더 있어야 해. 하지만 뭐 그때까진 그닥 춥지 않겠지."

그가 으레 그래야 할 것처럼 내 머리칼을 만지작거리며 말했다.

❋ 당신은 벽이 두껍고 ~ 로맨틱한 사랑을 꿈꿉니다 전갈좌에 어울리는 운세의 내용인 듯하다. '나'는 뚫린 천장을 통해 하늘의 별자리들을 바라보다가, 예전에 누군가(앞서 떠올렸던 '그 애'일 수도 있다.)와 잡지 등에 실린 별자리 운세를 보며 서로의 별자리에 대해 물어보고, 전갈좌라는 대답이 나오자, 그에 해당하는 운세를 읽었던 기억을 떠올리고 있는 것이다.
한데 사방, 상하를 덮거나 가리지 아니한 곳. 곧 집채의 바깥을 이른다.

"추운 건 싫어."

나는 킥킥 웃었다.

"다른 건 좋고? 당신 바람난 과부˙ 아냐?"

그도 키들키들 웃었다.

멀리서부터 여럿이 어울려 되는 대로 불러 대는 노랫소리가 들려왔다.

"이제들 오는군."

그가 일어나 등에 받쳤던 윗도리를 탁탁 털어 걸쳤다.

"내일 또 오겠어?"

시멘트 벽돌과 모래 더미 사이에 서서 그가 물었다.

"돈이 좀 있으면 줘."

그가 멈칫했다. 나는 내처˙ 말했다.

"몸이 좋지 않아서 약을 먹어야 돼. 많이 달라곤 안 해."

그가 이 사이로 찌익 침을 뱉으며 낮게, 빌어먹을이라고 중얼거렸다.

"첨부터 순순히 굴더라니, 세금 안 내는 장사니 좀 싸겠지.✽"

그가 부시럭대며 담배를 꺼내 입에 물고 불을 붙이는 시늉으로 성냥을 그어 길게 오른 불꽃을 내 얼굴 가까이 대었다. 나는

과부(寡婦) 과붓집(寡婦-). 남편이 죽어서 홀로 남은 여자.
내처 어떤 일 끝에 더 나아가.
✽ 세금 안 내는 장사니 좀 싸겠지 '나'는 포주(창녀를 두고 영업하는 사람)에 소속되어 있지 않아 포주에게 수수료(세금) 같은 것을 주지 않아도 되기 때문에 몸을 판 대가로 받는 돈이 쌀 것이라고 비아냥대는 말이다.

불꽃을 보며 길게 입을 벌려 웃어 보였다.

"제기랄, 철 지난 장사로군.* 오늘은 없어. 모레가 간조니 생각 있으면 그때 와."

그는 몹시 기분이 상한 듯 함부로 침을 뱉었다. 나는 걸음을 빨리했다. 술 취한 한 떼의 노무자들이 어깨를 부딪치며 엇비껴 지나갔다.

대문은 열린 채였다. 이층의 여자는 여태껏 칭얼대는 아이에게 자장가를 웅얼거리며 베란다에서 서성이고 있었다. 살그머니 현관문을 열고 들어서며 나는 몸에 밴 찬 공기를 손바닥으로 훑었다. 아버지는 여전히 식탁에 앉아서 재수 패를 떼고 있었다.

"뭐가 떨어졌어요?"

"님이다. 어서 자거라."

아버지는 돌아보지도 않으며 투덕투덕 화투를 쳤다.

방에 들어와 전기 스위치를 올리고 나는 잠시 어쩔 줄을 몰라 멍청히 전등을 올려다보았다. 그러고는 생각난 듯 책상 서랍을 열었다.

아가, 날 데려가 줘, 여긴 무섭고 쓸쓸하단다. 어머니는 막 글을 배우기 시작한 아이들처럼 크고 비뚤비뚤한 글씨로 비명을

✤ 철 지난 장사로군 몸을 팔기에는 '나'의 나이가 많아 보인다는 뜻이다.
간조 '품삯'을 속되게 이르는 말. 주로 건설 노동자들이 쓰는 말이다.

질렀다. 그리고 여백마다 동체는 없이 공처럼 둥근 머리와 나뭇가지같이 뻗은 팔다리로 물구나무선 사람들을 그려 넣었다. 나는 종이 뭉치를 코에 대고 그 흐릿하게 피어나는 마른 꽃 냄새를 들이마셨다. 장식 없는 펜던트의 뚜껑을 열면 희끗희끗한 잿빛 머리털에서도 역시 마른 꽃 냄새가 풍기었다. 우리가 도착하자 기다렸다는 듯 관 뚜껑에 못질이 시작되었다. 시취를 풍기기 시작한 어머니에게서는 역시 연기처럼 매움한 꽃 냄새가 났다. 뙤년들보다 더 더러웠지. 죽자고 목욕을 안 해도 향수는 꼭 뿌리곤 했어. 워낙 사치하고 허영심이 많았거든. 훗날 아버지는 말했다. 그렇다면 살비듬 내와 뒤섞인 향수 냄새일까.

　나는 찬 방바닥에 몸을 뉘었다. 아버지가 아직 방에 들어가는 기척이 없다는 걸 떠올리며 나는 빈집에서처럼 스커트를 끌어올리고 스웨터도 겨드랑이까지 걷어 올렸다. 자박자박 여전히 아이를 재우는 여자의 발소리는 머리 위에서 들려왔다. 금자둥아 은자둥아 세상에서 귀한 아기. 나는 누운 채 손을 뻗어 스위치를 내렸다. 방은 조용한 어둠 속에 가라앉기 시작했다. 이윽고 집 전체가 수렁 같은 어둠 속으로 삐그덕거리며 서서히 잠겨

여백(餘白) 종이 따위에, 글씨를 쓰거나 그림을 그리고 남은 빈 자리.
동체(胴體) 1. 물체의 중심을 이루는 부분. 2. 사람이나 동물의 몸에서, 목·팔·다리·날개·꼬리 따위를 제외한 가운데 부분.
펜던트(pendant) 가운데에 보석으로 된 장식을 달아 가슴에 늘어뜨리게 된 목걸이.
시취(屍臭) 시체에서 나는 냄새.
뙤년 '중국 여자'를 낮잡아 이르는 말.

들기 시작했다. 여자는 침몰하는 배의 마스트에 꽂힌, 구조를 청하는 낡은 헝겊 쪼가리처럼 밤새 헛되고 헛되이 펄럭일 것이다. 나는 내리누르는 수압으로 자신이 산산이 해체되어 가는 절박감에 입을 벌리고 가쁜 숨을 내쉬며 문득 사내의 성냥불 빛에서처럼 입을 길게 벌리고 희미하게 웃어 보였다.

■「문학사상」(1979. 1) ; 『유년의 뜰』(문학과지성사, 1998)

마스트(mast) 1. 돛대. 2. 배의 중심 갑판에 수직으로 세운 기둥. 무선용 안테나를 가설하거나 신호기를 게양하고 돛단배에서는 돛을 다는 데 쓰인다.

저녁의 게임

●등장인물 들여다보기

나

아버지와 단둘이 살고 있는 여성으로, 정확한 나이는 알 수 없으나 혼기를 놓쳤으며 밤에 만나는 사내가 '나'를 과부라고 생각하는 것으로 보아 30대 정도로 보입니다. '나'는 아버지로 인해 어머니가 돌아가시고 오빠마저 집을 나갔다고 생각하여 아버지에 대한 깊은 원망과 증오를 내면 깊이 간직하고 있습니다. 그리고 그런 아버지와의 긴장과 갈등을 매일 저녁의 화투 놀이로 은폐하고 무마하며 살아가고 있습니다.

오래전 어머니가 기형아 동생 때문에 정신 이상이 되어 그 동생을 죽게 만들자, 아버지는 어머니에게 귀신이 씌었다는 말을 듣고는 어머니를 엉터리 기도원에 보냈고, 어머니는 그곳에서 비참하게 돌아가셨습니다. 또한 '나'의 오빠도 아버지에 대한 반항심으로 집을 나갔습니다. '나'는 이 모든 것이 아버지의 탓이라고 생각합니다. 그러면서도 '나'는 오빠처럼 집을 떠나지 못하고 아버지와 함께 살아가며 매일 저녁 화투 놀이를 벌이는데, 이 '저녁의 게임' 도중에도 부녀간의 긴장과 갈등은 지속되지요. 화투 놀이가 마무리되면 '나'는 밤중에 몰래 외출하여 사내를 찾아가 관계를 맺고 돌아와서는 홀로 잠자리에 들어 자위와 유사한 행위를 하며 잠듭니다.

이처럼 진정한 의미에서의 가족 관계는 이미 훼손되었으나, '나'는 겉으로나마 아버지와 가족 관계를 유지하며 살아가고 있습니다. 그러면서 잠시 동안의 일탈(逸脫 : 정하여진 영역 또는 본디의 목적이나 길, 사상, 규범, 조직 따위로부터 빠져 벗어남) 행위로 외롭게 삶을 버티며 살아가고 있습니다.

아버지

딸과 단둘이 살고 있는 노인으로, 아내의 죽음과 아들의 가출에 책임이 있으나 오히려 이를 아내와 아들 탓으로 돌리면서 겉으로만 가족 관계를 유지하고 있는 인물입니다. 고집도 세고, 돈에 대해 몹시 인색한 모습을 보이기도 하지요.

아버지는 몇 년 전 위장을 절반 넘게 도려내었고, 지금도 중증의 당뇨병을 앓고 있는데, 치료를 위해 이상한 약재로 스스로 약을 만들어 먹는 등 삶에 집착하는 모습을 보입니다. 또한 그는 가출한 아들을 탓하면서도 아들에게서 소식이 올까 기다리는 모습을 보이는데, 이를 통해 그가 훼손된 가족 관계를 회복할 수 있으리라 기대하고 있다는 것을 짐작할 수 있지요. 저녁마다 딸과 화투 놀이를 하는 것으로 무료함을 달래며, 두 사람 사이의 '저녁의 게임'이 끝난 뒤 딸이 몰래 밤 외출을 하여 사내를 만나고 오는 것을 눈감아 주기도 합니다.

자신 때문에 가족 관계가 훼손되었으나 이를 받아들이지 못하면서도 훼손된 가족 관계가 원래대로 회복되기를 헛되이 꿈꾸는 노인입니다.

오빠

어머니가 돌아가시고 난 뒤, 어느 날 아버지와 벌이는 화투 놀이를 두고 "더러운 게임이야."라고 말하고는 가출하여, 현재는 가족 내에 존재하지 않는 인물입니다. 그러나 그가 남겨 놓은 테이프에서 그의 목소리가 흘러나오고, 아버지는 내심 그가 돌아오기를 기다리고 있어, '나'와 아버지만 남아 있는 가족 내에 존재하지 않으면서도 그 그림자를 드리우고 있는 인물입니다.

그

'나'의 일탈 행위, 즉 '나'가 밤에 집을 나가서 만나는 상대입니다. 정확한 나이는 알 수 없으며, 단단하게 못이 박인 손(노동자의 손)을 갖고 있고, 건설 현장의 노동자들이 주로 사용하는 용어나 상스러운 말을 하지요. 아마 인근의 공사장에서 일하는 인부일 거예요. '그'는 '나'가 돈을 달라고 요청하자, 일부러 성냥불 빛을 '나'의 얼굴에 갖다 대어 모욕적인 말을 하는, 거칠고 상스러운 사내입니다. 이를 통해 볼 때 '그'는 '나'와 애정을 갖고 만나는 것이 아님을 알 수 있지요.

소년원의 소년

소년원에서 생활하는, 눈빛이 아주 맑은 소년입니다. '나'가 개를 끌고 산책을 나간 어느 날 저녁에, 소년들의 무리 가운데 있다가 '나'와 시선이 마주칩니다. 그 '선연하도록 맑은 눈빛'이 '나'에게 깊은 인상을 남깁니다.

● 작품 Q&A

"선생님, 궁금해요!"

Q 이 작품의 시간적, 공간적 배경이 궁금해요.

A 사실 이 작품에는 시간적, 공간적 배경을 명확하게 알 수 있는 실마리가 별로 없습니다. 그렇지만 몇몇 소재로 어느 정도 짐작해 볼 수가 있어요. 우선 '가스레인지'와 '입식 구조' 부엌이 나오는데, 이것이 단독 주택에서 일반화되기 시작한 것은 1970년대 무렵의 대도시에서이지요. 또 작품 중간과 마지막 부분에 주택 공사장에 대한 묘사가 나오는데, 빈터를 개발해서 주택을 비롯한 건물들을 급속도로 짓기 시작한 것 역시 이 무렵입니다. 그리고 이렇게 빈터가 주변에 널려 있고 근처에 소년원이 있는 것으로 보아, 공간적 배경은 어느 대도시(아마도 서울)의 변두리임을 알 수 있겠지요.

Q 제목인 '저녁의 게임'은 '나'와 아버지가 저녁마다 하는 화투 놀이를 말하는 거군요. 그런데 아버지와 '나'는 왜 날마다 화투 놀이를 하는 건가요? 또 화투 놀이를 하는 두 사람의 사이가 아주 어색한데, 왜 그런 거죠?

A 예전에, 가족들이 모여 함께 즐길 만한 놀이가 딱히 없을 때 흔히 가족들 간에 즐겨 하던 놀이가 화투 놀이였지요. 이 작품에서

아버지가 하듯이, 혼자서 재수 패를 떼며 시간을 보내는 경우도 흔히 볼 수 있었답니다. 또 가족이 단둘인 경우 화투 놀이를 오락 삼아 하며 함께 시간을 보내는 경우도 흔했지요. 물론 이 작품에서 '나'와 아버지가 하는 화투 놀이는 그러한 일종의 풍속을 반영하고 있는 것만은 아니에요.

　이 작품은 대단히 훼손되어 있는 가족 관계를 보여 주고 있지요. 어머니는 정신이 이상해져 자신이 낳은 아이를 죽게 만들고는 엉터리 기도원에 보내져서 죽음을 맞았고, 오빠도 가출해서 소식이 없지요. '나'는 그 모든 책임이 아버지에게 있음을 알고 있습니다. 아버지가 '전도사도 박수도 아닌 사내'의 말만 듣고는 독단적으로 어머니를 기도원으로 보내 버렸고, 오빠도 아버지에게 반발하여 집을 나갔어요. 바로 아버지가 독단적으로 모든 것을 결정하고 이끌어 나가는 가족 형태, 즉 가부장적인 가족 관계가 이들 가족을 훼손시킨 주범인 셈이지요. 또한 어머니가 기형아를 낳고 정신 이상이 된 데에도 아버지의 책임이 있을지 몰라요. 어머니가 "네 아버지의 생활이 문란해서 그런 거야."라고 말했다지 않아요? 이는 아버지의 '외도'가, 이 가족을 훼손시킨 아주 근본적인 원인일 수도 있음을 추측할 수 있는 말입니다.

　이 작품에서의 화투 놀이는 바로 그러한 가부장적인 가족 관계를 은근히 상징하고 있답니다. '나'와 아버지가 화투 놀이를 하는 양상을 보면, 서로 무슨 패를 들고 있는지 훤히 알고 있어요. 화투가 너무 낡아서 훼손된 부분만 봐도 무슨 패인지가 드러나는 거지요. 그런데도 게임은 지속되고 '나'는 사실상 아버지에게 져 주는 것으로 게임이 마무리되지요. 아마도 아버지가 이기지 않는 한 화투 놀이는 끝나지 않았을 거예요. 그러니까 이들이 하는 화투 놀이는 서로 들고 있는 패를 뻔히 알고서 하는 게임인데도 반드시 아버지의 승리로 끝나야만 하는 것이고, 그것은 곧 아버지가 모든 것을 독단적으로 결정하는 가부장적 가족 관계와 유사한 것입니다. 오빠가 "더러운 게임이야."라고 말하고 집을 나간 것도 화투 놀이 자체에 반발한 것은 아닐 겁니다. 어떤 문제에서든지 아버지가 결국 이겨야만 하는 관계를 '더러운 게임'이라고 비난하고 가출한 것이지요.

그런데 이처럼 훼손된 가족임에도 불구하고 그 가족 관계가 지금 '나'와 아버지 단둘만으로도 아직 유지되고 있는 것도 사실입니다. 아버지는 가족 관계를 허물며 뛰쳐나가 버린 오빠를 비난하면서도 여전히 오빠가 돌아오기를 기다리고 있지요.

그리고 '나'가 결혼을 통해 가족으로부터 떠나는 것을 막은 것도 (아버지는 어머니가 '나'의 혼담에 장애가 되었다고 이야기하고 있지만) 아마 아버지일 거예요. '나'마저 떠나 버리면 '가족'은 완전히 허물어져 버리니까요. '나'가 "그 애가 휘파람 소리로 나를 찾아오던 것이 십 년 전의 일인가 아니면 그보다 더 오랜 꿈속의 일인가."라고 기억하는 '그 애'는 아마도 나의 연인이었을 겁니다. 그런데 그 애가 오지 않게 되었다는 것은 누군가의 방해로 그 애와의 사랑이 끝나 버렸기 때문일 텐데, 작품에서 그 원인을 밝히고 있지는 않으나, '나'의 가족 관계로 보아 아버지가 그 원인이 되었으리라고 충분히 추측할 수 있어요.

그런데 그처럼 '나'가 결혼으로 가족을 떠나는 것은 막으면서도 지금 '나'가 밤중에 몰래 나가 사내를 만나고 오는 것은 또 허용하고 있는 것도 아버지입니다. '나'와의 화투 놀이가 끝난 뒤 아버지가 재수 패를 떼면서 "님이 떨어지고 산보가 떨어졌다."라고 말하며, "다정하게, 그러나 음침하게 빛나는 눈으로 나를 바라보았다."라고 하는 건, 아버지가 '나'의 밤 외출에 대해 짐작하고 있으나 모른 체해 준다는 것을 뜻합니다. 나의 밤 외출마저 허용하지 않으면 아마도 '나'가 가족을 떠나 버릴 것 같으니까 그러는 거겠지요. '나'는 오빠처럼 훌쩍 나가 버릴 용기가 없어서 아직 '나'와 아버지로 이루어진 가부장적 가족 관계가 유지되고 있는 거랍니다. 그처럼 가부장적인 가족 관계는 견고한 것이기도 하지요.

Q '나'는 매일 밤 '그'를 찾아가서 자신의 몸을 주는 이상한 행동을 합니다. 또한 '그'는 그런 '나'의 행동을 아무렇지도 않게 받아들이다가 '나'가 돈을 좀 요구하니 아주 불쾌해하고 있어요. 두 사람의 행동과 생각 모두 이해가 되지 않아요.

A 그래요. '나'는 '그'를 사랑하지 않는 것 같은데, 사람들의 눈을 피해 '그'를 만나 아직 다 지어지지도 않은 집에서 관계를 맺고 돌아오지요. 이런 행동을 하는 '나'의 심리는 '그'를 사랑해서가 아니라, 지금의 가족으로부터 잠시라도 벗어나고 싶다는 일탈의 욕구 때문인 것 같아요. 그것은 아버지와 함께 유지하고 있는 가부장적인 가족 관계로부터 오빠처럼 아예 탈출하는 것이 불가능하니까, 그 대신으로 선택하는 일종의 반항 행위가 아닐까 해요.

그런데 잠시의 일탈을 위해 유지하고 있는 '그'와의 관계는 결국 매매춘과 같은 형태로 발전해요. '나'가 그와의 관계가 끝나고 나서 '그'에게 약을 좀 사 먹어야겠으니 돈을 좀 달라고 하자, ('나'는 지금 구두쇠 같은 아버지와 살고 있어서 실제로 병이 있었다면 약을 사 먹을 돈이 필요했을 거예요.) '그'는 이전까지와는 아주 다른 반응을 보이지요. '빌어먹을'이라고 욕도 하고, 성냥을 그어 '나'의 얼굴을 확인한 후 '나'의 나이가 많다고 모욕을 주며 흥정을 하려 들지요. 그러고는 지금은 돈이 없다며 돈 주는 걸 미룹니다. 즉, 아직까지 '나'와 '그' 사이에 매매춘이 성립한 건 아니지만, '나'가 돈을 요구하자 '나'를 대하는 '그'의 태도가 매춘 여성을 상대하는 식으로 바뀌어 버린 걸 보면, 아마 다음에 '나'가 '그'를 만나면 둘 사이는 매매춘 관계가 되어 버릴 것임을 추측할 수 있지요. 그러니까 '그'를 만나는 것도 현재 '나'가 가부장적인 가족 관계로부터 벗어날 수 있는 '희망'은 되지 않는다는 겁니다. 오히려 가부장적 가족 관계로부터 벗어나기 위해 '그'를 만났는데, '그'는 '나'를 매춘하는 여성과 같이 취급해 버리는 거예요. 그러니 '그'와의 만남, 곧 가부장적 가족 관계로부터 잠시 일탈해 보는 것은 '나'에게 있어 결코 '대안'이 될 수 없는 거지요.

아마 집 바깥에서 '휘파람 소리'로 '나'를 찾아왔던 옛날의 '그 애', 지금도 여전히 열아홉 살로 '나'의 꿈에 나타나는 '그 애'는 좀 달랐을 겁니다. '나'에게 가부장적 가족 관계를 넘어서는 하나의 대안이 될 수 있었을 거예요. 그러나 '그 애'는, 무슨 이유인지 알 수는 없지만(아마 아버지가 허락하지 않아서) 이미 '나'를 가족으로부터 구출해 줄 수 없는 존재가 되어 버렸지요.

Q '나'가 '그'와 만난 뒤 집에 돌아오고서 작품의 결말이 지어지는데요, 그 결말의 의미가 모호해요. '나'는 어떤 생각을 하며 잠자리에 드는 건가요?

A '나'가 집에 돌아와 자기 방에 들어가서 하는 일은 세 가지입니다.

하나는 "아버지가 아직 방에 들어가는 기척이 없다는 걸 떠올리며 나는 빈집에서처럼 스커트를 끌어 올리고 스웨터도 겨드랑이까지 걷어 올리"는 것이에요. 아버지가 거실에 있는데도 아버지를 무시하고서 '나'는 '그'와 함께 있을 때 취했던 자세를 취하는 거지요. 이는 적어도 아버지의 눈치를 보지 않겠다는 것을 의미할 겁니다.

또 하나는 이층의 여자가 자장가를 부르며 집 안을 왔다 갔다 하는 것에 대해 "여자는 침몰하는 배의 마스트에 꽂힌, 구조를 청하는 낡은 헝겊 쪼가리처럼 밤새 헛되고 헛되이 펄럭일 것이다."라고 추측하는 것이지요. 아버지와의 가족 관계를 벗어나서 이층 여자처럼 '결혼'을 하더라도 결국 아이를 낳고 기르면서 남편을 기다리는 일에 매이게 되면, 그것은 침몰하는 배에서 구조를 요청하는 낡은 헝겊 쪼가리처럼 헛되이 펄럭이는 일일 뿐이라고 생각하는 거지요. 곧 결혼도 가부장적 가족 관계로부터 벗어나는 '대안'이 될 수 없다는 깨달음을 담고 있지요.

그리고 마지막으로 "자신이 산산이 해체되어 가는 절박감에 입을 벌리고 가쁜 숨을 내쉬며 문득 사내의 성냥불 빛에서처럼 입을 길게 벌리고 희미하게 웃어" 보이지요. 이는 아마도 '자기애(自己愛:

자신에 대한 사랑)'를 의미할 겁니다. 그 사내가 없더라도 자기 자신에 대한 사랑만으로도 만족할 수 있다는 것을 보여 주지요.

그러니까 이 작품의 결말에서 '나'는 비록 아버지 중심의 가족을 실제로 떠나지는 않는다 할지라도, 아버지와의 심정적인 결별을 분명히 하고 있어요. 동시에 결혼을 해서 아버지를 떠나는 것도 대안이 될 수 없다는 것을 깨닫고 있습니다. 그리고 아버지 몰래(실제로 아버지는 눈치채고 있으나) '그'를 만나는 일탈 행위와도 거리를 두겠다고 마음먹고 있지요. 즉, '나'는 '홀로서기'에 나서고 있는 것입니다. 물론 이 홀로서기는 '나'의 결단이라기보다는 '나'에게 불가피하게 주어지는 것이에요. 그래서 '나'는 "내리누르는 수압으로 자신이 산산이 해체되어 가는 절박감"을 느끼는 것이지요. 마지막 장면에서 '나'는 홀로 이 절박감을 견뎌 내려 하고 있는 거랍니다.

Q 작품 앞부분에서 '나'와 눈이 마주치는 소년원의 소년의 모습이 인상적이고 신비롭게 느껴지기까지 해요. 이 소년은 '나'에게 어떤 의미를 갖는 걸까요?

A 그렇지요. 작품을 다 읽고 나면, 작품 앞부분에서 '나'가 우연히 마주쳤던 소년원의 한 소년이 새삼 떠오릅니다. 같은 남성이지만, '나'에게 그 소년은 '그'와는 전혀 다른 순수한 모습으로 다가왔으니까요.

'나'는 언젠가 저녁 산책을 나갔다가 소년원에 수감되어 있는 소년들이 근처에 사역을 나온 것을 보고 급히 외면을 하다가 '행렬의 가운데에서 깜짝 놀랄 만큼 앳된 얼굴'로 '나'를 바라보던 소년의 '선연하도록 맑은' 눈빛과 마주치게 됩니다. 그리고 이후 이들을 눈여겨보게 됩니다. 아마도 이들이 갇혀 있는 상황이, 자신이 아버지의 집에 갇혀 지내는 상황과 유사하게 여겨졌던 것도 한 이유가 될 겁니다. 특히 앳된 얼굴의 그 소년의 선연하도록 맑은 눈빛은 '나'에게 강한 인상을 남기지요. '나'는 그 이유를 "둥근 볼에 떠오른 차가운 핏기에서 문득 자각되어진 자신의 노추(老醜)에 대한 의식" 때문이 아닐까 여기기도 해요. 그 소년에 비해 자신은 너무나 늙고 추하다고 생각하는 거지요. '나'가 자신을 둘러싸고 있는 가부장적 가족 관계와 그로부터 일탈하기 위해 만나는 '그'와의 부적절한 관계를 정리하려고 마음먹는 데에, 문득문득 떠오르는 열아홉 살의 '그 애'에 대한 기억과 함께, 이 소년의 맑은 눈빛도 한몫을 한 것이 아닐까 추측해 봅니다.

❋ 더 읽어 봅시다 ❋

아버지와 '나'라는 여성의 이야기를 그린 작품

이혜경의 〈가을빛〉 _아버지가 폐암에 걸려 죽음에 점차 다가가기 시작했을 때 '나'의 아기가 탄생했다는 사실을 통해 삶과 죽음이 서로 맞물린 일이라는 사실을 깨달으면서, 어린 시절에 아버지에게 가졌던 '나'의 두려움이 깊은 연민의 감정으로 바뀌었음을 묘사한 작품이다.

작가 소개

오정희(1947~)

여성의 자아와 정체성을 탐구한 작가

한국의 근현대 작가들 가운데에는 솜씨가 뛰어난 여성 작가들이 많이 있었고, 현재는 오히려 여성 작가들이 한국 문단의 중심 노릇을 하고 있다고 해도 지나치지 않다. 그 가운데에서도 오정희는 스물두 살 때인 1968년에 등단한 중견 작가로서 한국 문단 내에서 매우 뚜렷한 위치를 차지하고 있다. 등단한 지 40년이 넘는 작가임에도 장편은 단 한 편 발표하였고(《새》라는 작품인데, 이 작품도 처음에 중편으로 발표되었으나 이후 장편으로 간행되었다.), 발표한 중·단편 역시 40여 편밖에 안 되는 적은 양임에도 불구하고, 이렇게 중요한 위치를 점하고 있는 작가는 아주 드물다. 그것을 가능하게 한 힘은 다른 무엇보다도 밀도 높은 묘사를 중심으로 한 작가의 문장력이라 할 수 있다. 그 묘사의 문장력을 통해 작가는 가족의 울타리 안팎에서 자기 정체성 문제로 갈등하고 방황하는 여성의 심리를 깊이 탐구한다.

세대로 볼 때 작가는 유년기와 청소년기에 6·25 전쟁과 전후 상황을, 20대에 산업화 시대를, 그리고 30대 중반에서 40대 중반까지는 군사 독재 시대의 정치적 격변기를 겪었다. 이러한 작가의 현실 체험이 그의 작품에도 반영되어 있기는 하다. 그러나 이렇게 매우 모진 세월을 살았으면서도, 작가가 작품에서 주로 그린 것은 그 외적인 현실 자체가 아니라 그것을 받아들이는 인간의 내면(심리)이었다. 그리고 그 외적인 현실도 넓은 범위에 걸쳐 있는 것이 아니라 주로 가족 및 그 주변 사람들과 관련된 것들이었다. 그래서 그의 작품 가운데에는 일인칭으로 여성의 내면을 묘사한 것이 많다. 그의 작품 가운데 장편이 단 한 편밖에 없는 것은, 그가 이렇게 넓지 않은 범위의 사람과 사건을 일인칭의 내면 묘사로써 표현한 것과 밀접히 연관되어 있다.

이 책에 실은 〈중국인 거리〉(1979), 〈완구점 여인〉(1968), 〈저녁의 게임〉(1979)이 모두 일인칭 여성 인물의 시점으로 서술되어 있는 것은 사실 우연이지만, 이 공통점이 작가 오정희의 작품 세계의 가장 중요한 특징과 연관되어 있다고 말할 수 있다. 그리고 이 세 작품은 연작*이 아니지만, 순서대로 점점 더 나이가 많은 여성이 주인공으로 등장한다. 세 작품 모두에서 '나'라는 여성이 놓인 가장 중요한 환경과 상황은 바로 그 가족이고, '나'는 그 가족의 울타리 안팎에서 갈등을 겪고 방황하면서, 자신의 정체성 즉 '본래의 나'를 찾기 위해 발버둥을 친다.

〈중국인 거리〉에 대해 작가는 "소설이라기보다 전쟁, 휴전, 복

연작(聯作) 한 작가가 같은 주인공의 단편을 몇 편 써서, 그것을 연결하여 장편으로 만드는 일. 또는 그런 작품.

구에 이르는 황폐한 시기를 의식하지 못하고 겪은 나 자신의 성장의 기록"이라 말할 정도로, 1950년대 후반 당시의 현실을 알 수 있게 해 주는 풍경이 많이 담겨 있다. 그렇지만 이 작품에서 가장 주된 것은 누구로부터도 관심과 사랑을 받지 못하고 험악한 환경 속에서 홀로 고통스러워하며 성장해 가는 소녀의 내면이다. 이렇게 일종의 내면의 성장통을 겪은 후 '나'가 비로소 '여성'이 되는 상징적 장면이 이 소설의 결말을 이룬다. 한편 〈유년의 뜰〉(1981)은 '나'가 '중국인 거리'로 이사 오기 전까지 피란지에서 생활하던 이야기를 다룬 작품으로, 〈중국인 거리〉와 연결 지어 함께 읽는 것이 적절하다.

〈완구점 여인〉의 '나'는 여고생이다. (작품만 봐서는 '나'의 나이를 확실히 알 수는 없는데, 작가는 '나'가 여고생이라고 설명한 바 있다.) 등단작인 이 작품에서 이미 작가는 가족 내에서 고통받고 방황하는 여성을 전면에 등장시키면서 그 내면을 아주 인상적이고도 섬세하게 묘사하고 있다.

또한 〈저녁의 게임〉의 '나'는 30대의 성인 여성인데, 이 작품에서는 가족이 '나'에게 가하는 억압의 중심이 아버지임을 분명히 보여 준다. 앞의 두 작품에서는 아버지의 존재가 뚜렷하게 나타나지 않는 데 비해, 이 작품에서는 가족의 억압이란 곧 가부장의 억압임을 정면으로 문제 삼고 있는 것이다. 이렇게 작가는 세 작품 모두에서 '나'라는 여성 주인공이 가부장적 가족의 울타리나 주변의 험악한 환경에 둘러싸인 채 홀로 고통스럽게 성장 혹은 변화해 가는 모습을 그리고 있는데, 이 작품들에는 '나'의 성장 혹은 변화를 곁에서 지켜보거나 알게 모르게 매개해 주는 인물들 또한 공통적으로 등장하고 있다. 〈중국인 거리〉의 '그', 〈완구점 여인〉의 완구점 여인, 〈저녁의 게임〉에 등장하는 소년원의 소년 등이 바로 그러한 존재들이다.

1968년 등단 이후 1980년까지 발표한 위의 네 작품 이외에, 그 후 발표한 작품들에서도 위의 네 작품에 담겨 있는 주제와 문체상의 특징이 변화된 형태로 나타난다.

예컨대 동인문학상 수상작인 〈동경(銅鏡)〉(1982)은, 유일한 피붙이인 아들이 20년 전 스무 살 젊은 나이에 죽어 버려 쓸쓸한 세월을 보내고 있는 어느 노부부의 모습을 그리고 있다. 이 작품은 '나'라는 여성 주인공을 등장시키고 있지는 않지만, 역시나 가족(의 죽음)이라는 울타리가 근본적 원인이 되어 인간에게 피할 수 없는 고독한 운명을 안겨 준다는 주제를 담고 있다. 섬세한 묘사 중심의 문체로 되어 있다는 점 또한 마찬가지이다.

〈옛 우물〉(1994)에서는 또다시 여성 주인공인 '나'가 등장한다. 겉으로 보면 아주 평범한 중년의 가정주부인 '나'는, 일상적인 가족생활의 울타리를 넘어서서 '나'의 안에 존재하는 '본래의 나'를 찾고자 하는 내면의 여행에 나선다.

  중편으로 발표되었다가 장편으로 출간된 〈새〉(1996)는 독일어로 번역되어 독일의 주요 문학상 중 하나인 리베라투르 문학상을 받기도 한 작품이다. 고아처럼 버려진 어린 남매의 비극적인 일상을 그린 이 작품은, 일인칭 시점이 아님에도 불구하고 우미라는 여자아이의 시선을 통해 세상을 보여 준다는 점이 특징적이다. 새처럼 자유롭고자 하나 새집에 갇힌 것처럼 부자유스러운 남매의 모습에서, 가족의 문제와 본래적 자아 찾기를 탐구하는 작가의 일관되고도 집요한 문학적 관심사를 다시 한 번 확인할 수 있다.

연보

1947년 _ 11월 9일, 서울 사직동에서 아버지 오성환과 어머니 고숙녀의 4남 4녀 중 다섯째로 태어남. 황해도 해주시에서 철공장을 운영했던 부모는 1947년 봄 월남하여 서울에 자리 잡음.

1951년 _ 1월, 어머니가 여섯 번째 아기를 가진 탓에 가족들이 피란을 가지 못하고 서울에서 전쟁을 겪다가 후퇴하는 국군을 따라 남쪽으로 피란길에 오름. 트럭을 얻어 타고 가다가 아버지는 군대에 징집되고 남은 가족들은 충남 홍성군 홍주읍 오관리라는 마을에서 피란살이를 시작함.

1954년 _ 4월, 홍주초등학교에 입학함. 군대에서 돌아온 아버지는 어머니와 함께 장사를 다녀 외할머니와 함께 입학식에 감.

1955년 _ 4월, 아버지가 조양 석유 주식회사의 인천 출장소 소장으로 취직되어, 피란살이를 마치고 인천으로 이주함. 신흥초등학교 2학년으로 전학함. 인천에서 4년 동안 3번 이사를 했는데 마지막으로 살았던 곳이 만국 공원(지금의 자유 공원) 아래의 작은 집이었고, 길 건너 언덕배기가 지금은 차이나타운으로 불리는 중국인 거리였음.

1956년 _ 초등학교 3학년 때, 경기도 내 백일장에서 〈오늘 아침〉이라는 산문이 특선으로 뽑힘. 소설가의 꿈을 꾸기 시작함.

1959년 _ 5월, 아버지의 전근으로 서울 마포구 신수동으로 이사함. 수송초등학교 6학년으로 전학함. 이광수, 김동인, 박화성, 최정희, 황순원의 장편과 전후 작가들의 단편들을 읽음.

1960년 _ 이화여자중학교에 입학함.

1961년 _ 2학년 가을에 막내 동생이 버스에 받히는 사고로 죽음. 열다섯 살의 나이로, 동생의 보호자가 되어 동생을 안고 서대문의 적십자 병원 응급실로 가는 도중에 동생의 숨이 끊긴 것을 앎.
1963년 _ 이화여자고등학교에 입학함. 문예반에 들어감.
1966년 _ 3월, 서라벌예술대학교 문예창작과에 입학함.
1968년 _ 「중앙일보」 신춘문예에 〈완구점 여인〉이 당선되어 등단함. 본격적인 습작기가 시작됨. 시인 김수영의 강의를 들음.
1969년 _ 단편 〈주자〉를 발표함.
1970년 _ 서라벌예술대학교 문예창작과를 졸업함. 단편 〈산조〉, 〈직녀〉를 발표함.
1971년 _ 잡지사, 출판사 등의 직장을 전전함. 단편 〈번제〉를 발표함.
1973년 _ 단편 〈관계〉, 〈봄날〉을 발표함.
1974년 _ 4월, 한때 직장 동료였던 강원도 춘천 태생의 박용수와 결혼함.
1975년 _ 단편 〈목련초〉를 발표함.
1976년 _ 단편 〈적요〉, 〈안개의 둑〉, 〈야곱의 꿈〉을 발표함.
1977년 _ 단편 〈미명〉, 〈불의 강〉, 〈한낮의 꿈〉을 발표함.
첫 아이가 태어남.
첫 창작집 『불의 강』을 출간함.
1978년 _ 4월, 강원대학교 교수로 임용된 남편을 따라 춘천으로 이주함.
둘째 아이가 태어남.
단편 〈꿈꾸는 새〉를 발표함.
1979년 _ 단편 〈저녁의 게임〉, 〈중국인 거리〉, 〈비어 있는 들〉을 발표함. 〈저녁의 게임〉으로 제3회 이상문학상을 수상함.
1980년 _ 단편 〈유년의 뜰〉, 〈겨울 뜸부기〉, 〈어둠의 집〉을 발표함.
1981년 _ 단편 〈밤비〉, 〈별사〉, 〈야회〉, 〈인어〉를 발표함.
두 번째 창작집 『유년의 뜰』을 출간함.

1982년 _ 단편 〈동경〉, 〈바람의 넋〉, 〈하지〉를 발표함.
　　　　〈동경〉으로 제15회 동인문학상을 이문열과 공동 수상함.
1983년 _ 단편 〈멀고 먼 저 북방에〉, 〈지금은 고요할 때〉, 〈불꽃놀이〉,
　　　　〈전갈〉, 〈불망비〉, 〈순례자의 노래〉를 발표함.
1984년 _ 단편 〈새벽별〉을 발표함.
　　　　뉴욕 주립대 교환 교수로 가게 된 남편을 따라 온 가족이 뉴욕으로 이주함.
1986년 _ 미국에서 돌아옴.
　　　　세 번째 창작집 『바람의 넋』을 출간함.
1987년 _ 단편 〈그림자 밟기〉를 발표함.
1989년 _ 단편 〈파로호〉를 발표함.
1990년 _ 소설 선집 『야회』를 출간함.
1993년 _ 장편 동화집 『송이야, 문을 열면 아침이란다』, 콩트집 『술꾼의 아내』를 출간함.
1994년 _ 단편 〈옛 우물〉을 발표함.
　　　　산문집 『허리 굽혀 절하는 뜻은』을 출간함.
1995년 _ 중편 〈구부러진 길 저쪽〉, 〈새〉를 발표함.
　　　　창작집 『불꽃놀이』, 『오정희 문학 앨범』을 출간함.
1996년 _ 〈구부러진 길 저쪽〉으로 제4회 오영수문학상을, 창작집 『불꽃놀이』로 제9회 동서문학상을 수상함.
　　　　중편 〈새〉를 장편으로 간행함.
1998년 _ 단편 〈얼굴〉을 발표함.
2000년 _ 창작 동화집 『목마를 타고 날아간 이야기』를 출간함.
2002년 _ 가톨릭에 입교하여 세례를 받음.
2003년 _ 독일어로 번역되어 출간된 〈새〉로 독일의 주요 문학상 중 하나인 리베라투르 문학상을 수상함.

2004년 _ 장편 〈목련꽃 피는 날〉의 연재를 시작하였다가 개인 사정으로 중단함.
2006년 _ 산문집 『내 마음의 무늬』, 어린이를 위한 민담집 『접동새 이야기』를 출간함.
2007년 _ 1981년에 발표했던 〈별사〉를 재조명하는 작업으로 대담집 『별사 — 작가와 함께 대화로 읽는 소설』을 출간함.
문학 인생 40년을 기념하는 문집 『오정희 깊이 읽기』를 출간함.
2008년 _ 사보나 대중 매체에 쓴 스물다섯 편의 콩트를 모은 『돼지꿈』을 출간함.
2009년 _ 창작집 『가을 여자』를 출간함.